図解 眠れなくなるほど面白い

源氏物語

東京大学大学院教授
木和子 監修
AZUKO TAKAGI

日本文芸社

眠れなくなるほど面白い 図解 源氏物語 目次

序章 平安文学の金字塔『源氏物語』の楽しみかた――6

第一部

光源氏誕生～青年期

登場する主要な人物の相関図――12

桐壺《きりつぼ》の巻 悲恋の両親と悲しき若宮――14

平安よもやま 平安女性の暮らし――17

帚木《ははきぎ》・空蟬《うつせみ》の巻 中流貴族の人妻との関係に苦悩――18

平安よもやま 平安の男性貴族の1日――21

夕顔《ゆうがお》の巻 人知れぬ恋の悲しい結末――22

若紫《わかむらさき》の巻 北山で素朴な少女と出会う――24

末摘花《すえつむはな》の巻 月明かりで見た姿に驚愕――26

紅葉賀《もみじのが》・花宴《はなのえん》の巻 優雅な舞に人々は感動――28

平安よもやま 平安京の年中行事――31

葵《あおい》の巻 葵の上が出産のあと逝去――32

賢木《さかき》・花散里《はなちるさと》の巻　密会が見つかり怒りを買う――34
平安よもやま　平安時代の天皇の皇妃の位――37
須磨《すま》・明石《あかし》の巻　源氏、不遇の時代を過ごす――38
平安よもやま　平安貴族の官職と位階――41
澪標《みおつくし》・蓬生《よもぎう》・関屋《せきや》の巻　帰京後の出会いと別れ――42
絵合《えあわせ》の巻　源氏の絵日記に人々は感涙――44
松風《まつかぜ》・薄雲《うすぐも》の巻　明石の君と再会し姫君を引き取る――46
平安よもやま　平安貴族の収入――47
朝顔《あさがお》の巻　源氏を拒否し続けた女性――50
少女《おとめ》の巻　引き裂かれた夕霧と雲居雁――52
玉鬘《たまかずら》・初音《はつね》・胡蝶《こちょう》の巻　夕顔の娘、玉鬘が上京――54
平安よもやま　男性貴族の装束・女性貴族の装束――58
蛍《ほたる》・常夏《とこなつ》・篝火《かがりび》の巻　二人の父と玉鬘の苦悩――60
平安よもやま　貴族の食事――63
野分《のわき》・行幸《みゆき》の巻　実父に玉鬘のことを伝える――64
藤袴《ふじばかま》・真木柱《まきばしら》の巻　玉鬘をめぐる求愛合戦――66
平安よもやま　貴族の通過儀礼――67

梅枝《うめがえ》・藤裏葉《ふじのうらば》の巻　夕霧と雲居雁が再会し結婚――70
平安よもやま　貴族の葬儀・追善供養――71
Column　紫式部ってどんな人? vol.1　生まれや育ちはどのようなものだったのか――74

第二部　光源氏晩年

登場する主要な人物の相関図――78
若菜上《わかなのじょう》・若菜下《わかなのげ》の巻　光源氏の若い新妻――80
平安よもやま　平安時代の建物「寝殿造」・寝殿内部――84
柏木《かしわぎ》・横笛《よこぶえ》・鈴虫《すずむし》の巻　不義の子の誕生と柏木の死――86
平安よもやま　平安貴族とペット――89
夕霧《ゆうぎり》の巻　思いどおりに行かない夕霧の恋――90
平安よもやま　貴族の手紙文化――93
御法《みのり》・幻《まぼろし》の巻　最愛の妻、紫の上との別れ――94
平安よもやま　平安貴族の髪形――97
Column　紫式部ってどんな人? vol.2　宮中に仕えた紫式部が描いた『源氏物語』の世界――98

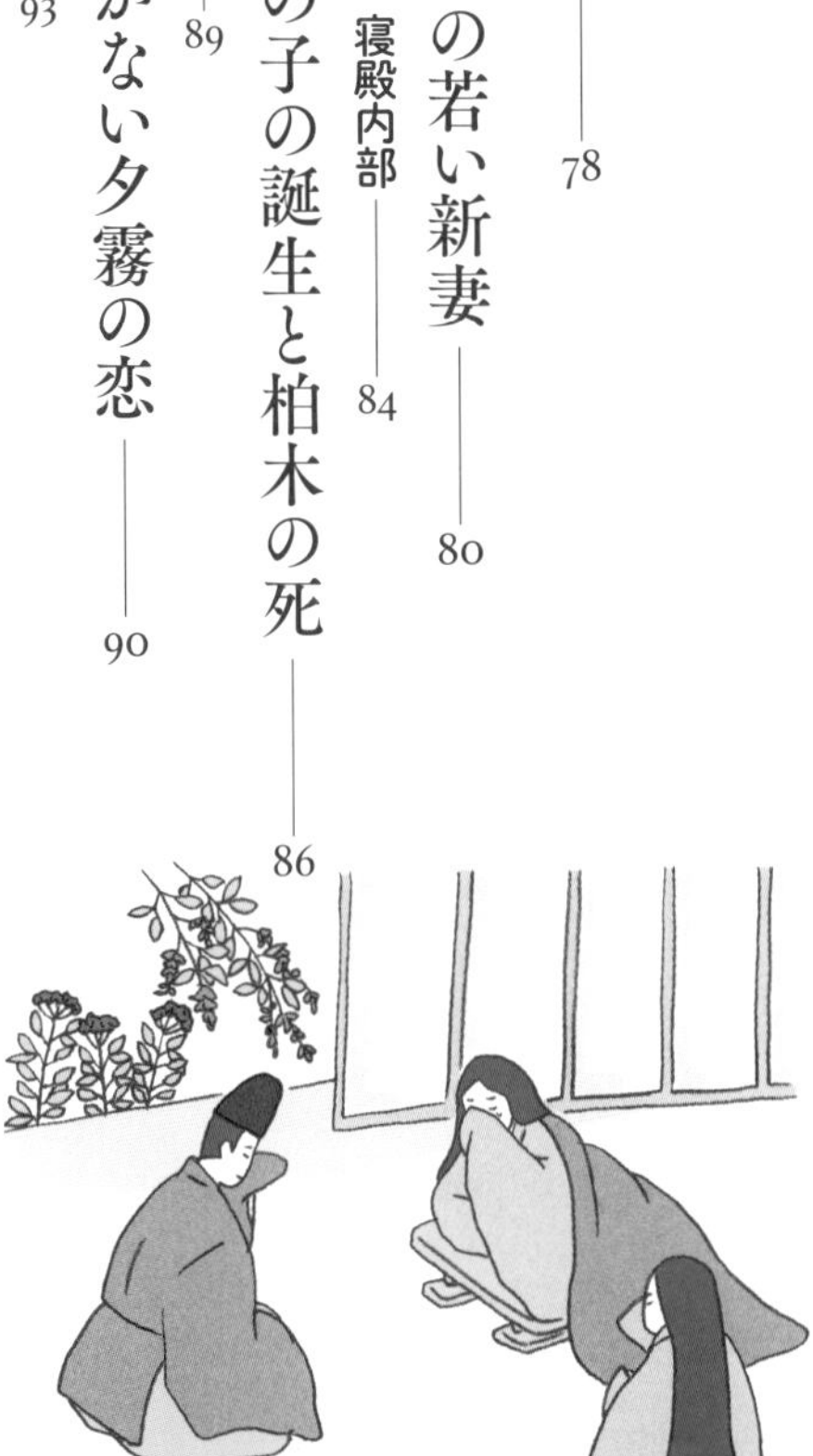

第三部 光源氏の子孫たち

登場する主要な人物の相関図 102

匂宮《におうみや》・紅梅《こうばい》・竹河《たけかわ》の巻 好対照の美しい二人の若者 104

平安よもやま 貴族の乗り物 107

橋姫《はしひめ》・椎本《しいがもと》の巻 匂宮・薫と宇治の姉妹の姫君 108

総角《あげまき》の巻 匂宮と中の君の多難な結婚 110

早蕨《さわらび》・宿木《やどりぎ》の巻 中の君の新生活・薫の結婚 112

平安よもやま 貴族が楽しんだ「雅楽」 113

東屋《あずまや》の巻 浮舟と契りを結んだ薫 116

浮舟《うきふね》・蜻蛉《かげろう》の巻 板挟みになった浮舟の悲劇 118

平安よもやま 貴族の遊戯・娯楽 119

手習《てならい》・夢浮橋《ゆめのうきはし》の巻 叶わなかった薫の願い 122

Column 紫式部ってどんな人? vol.3 紫式部と同時代に活躍した女性たち 124

巻名の由来

『源氏物語』の巻名は、和歌に用いられた言葉を中心に、登場する人物、場所、出来事に由来するものが多い。ここでは、本編を読んだだけではその由来がわかりづらいものについて、いくつかを取り上げて解説する。

帚木：帚木は伝説の木を指す。空蝉のつれない態度に光源氏が詠んだ歌で使われた言葉。

澪標：舟の通り道を示す杭のこと。光源氏と明石の君が「みをつくし」という言葉を用いて歌を贈り合った。

蓬生：末摘花の邸《やしき》に生えていた蓬から。草深い荒れ果てた場所を表す。

関屋：逢坂関《おうさかのせき》の関守が住む番小屋を指す。空蝉と光源氏は逢坂関で再会した。

少女：光源氏と夕霧が歌に詠んだ言葉。五節の舞姫のことを意味する。

夢浮橋：本文中には登場しない言葉。巻名の由来については諸説あるが、藤原定家《ふじわらのさだいえ》の注釈書『源氏《げんじ》物語奥入《ものがたりおくいり》』では、出典未詳の古歌「世の中は夢のわたりの浮橋かうち渡りつつものをこそ思へ」を薄雲の巻に掲げる。

序章

平安文学の金字塔『源氏物語』の楽しみかた

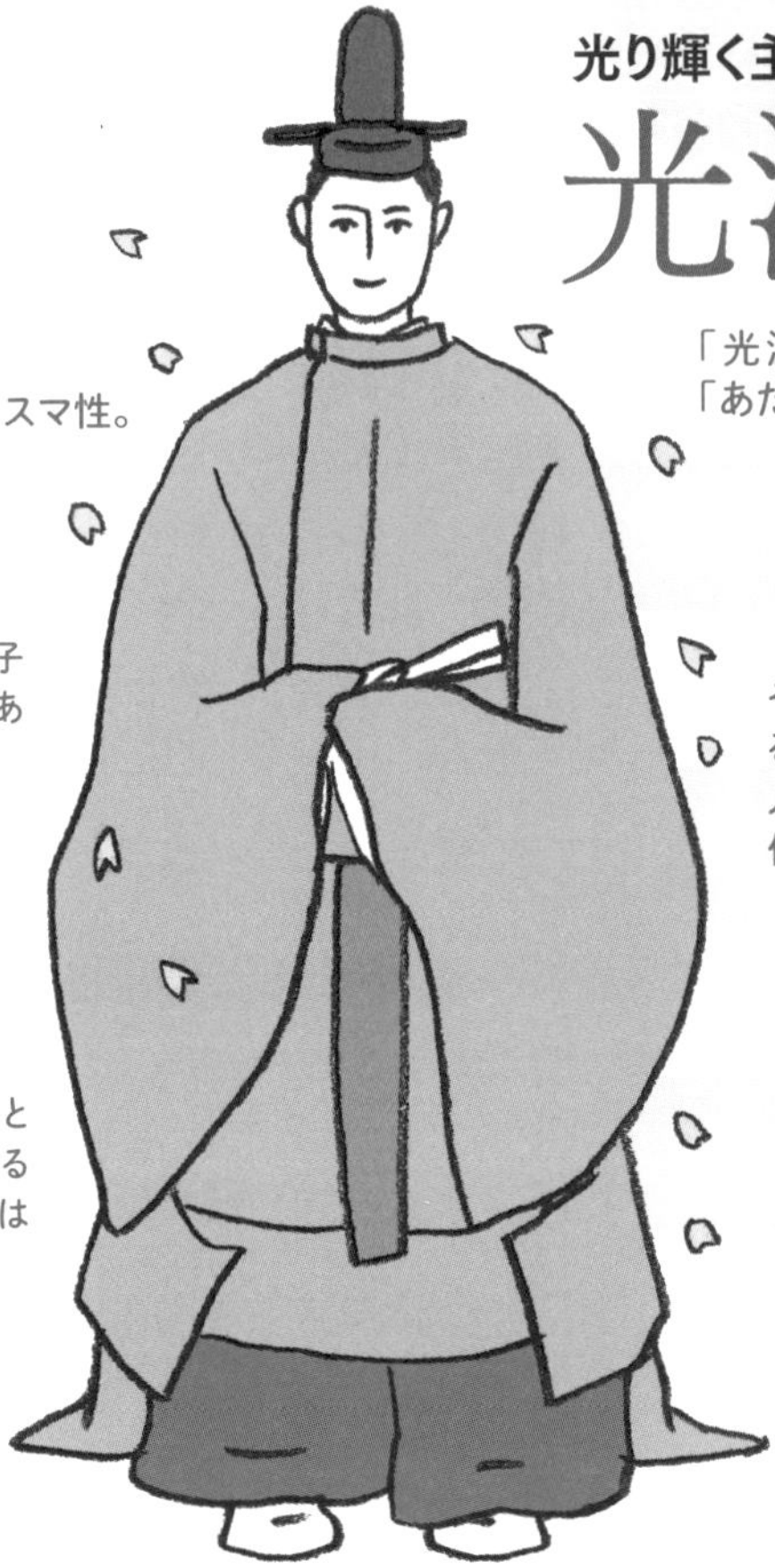
光り輝く主人公
光源氏
「光源氏」は、いわゆる「あだ名」。本名は不明。
超人的なカリスマ性。
絶世の美男子で教養にもあふれる。
その美貌や立ち居振る舞いから、あらゆる人を夢中にさせる稀代のプレイボーイ。
天皇の皇子として生まれるが、天皇にはなれない。
音楽・絵画・書・舞踊・薫香《くんこう》など、芸術に精通して教養にあふれ、センスも抜群。

日本が世界に誇る長編物語

『源氏物語』は、平安時代中期、11世紀初めに成立した紫式部《むらさきしきぶ》による長編物語です。光源氏《ひかるげんじ》の誕生から晩年までの五十数年と次世代の若者たちの十数年、4代の天皇の時代にわたる物語です。

光源氏の恋愛遍歴を軸にしながらも、親子関係、家の継承、政治闘争などといった貴族社会のさまざまな人間模様が描かれています。

現在伝わる『源氏物語』は、全54巻です。今日一般に物語の内容から三部に分けます。第一部は桐壺《きりつぼ》の巻から藤裏葉《ふじのうらば》の巻までの33巻、第二部は若《わか》菜上《なのじょう》の巻から幻《まぼろし》の巻までの8巻、第三部は、匂宮《におうみや》の巻から夢浮橋《ゆめのうきはし》の巻までの13巻とされています。

「物語」に対する評価を一変させた記念碑的な物語

平安時代、文芸の中で最も重んじられたのは漢詩で、男性貴族の基礎教養でした。和歌は男女を

才気あふれる作者
紫式部

「紫式部」の「式部」は家族の職名。
本名は不明。

控えめでどこか陰のある性格。幼少期から漢文の書物をすらすら読む才女。大人になってからはその知識を隠していたことも。

※当時、漢文は男性貴族には必須だが、女性には不要な教養とされる風潮があった。

漢籍、和歌、音楽に精通。

じつは毒舌。『紫式部日記』には、清少納言《せいしょうなごん》や和泉式部《いずみしきぶ》などへの辛辣《しんらつ》な人物評がある。

平安時代に最も栄えた藤原北家《ふじわらほっけ》の出身だが、すでに官位は高くない家柄。ただし、和歌や学問では才能を発揮した者がいた。

源氏物語の構成

『源氏物語』は全54巻におよぶ長編物語。今日では三部に分けるのが一般的。そのうち、第一部だけで全体の5割程度を占める。話の長短は巻によってかなりばらつきがある。

第一部

光源氏の誕生から栄華の頂点に達する半生の物語。

第二部

光源氏の晩年の苦悩の物語。

第三部

光源氏亡きあとの子や孫の世代の物語。

問わずたしなむもので、平安中期に至るとその社会的評価は次第に高まってきていました。一方、『源氏物語』のような「物語」は、まだ女性や子どもたちの遊びとみなされていました。

しかし、『源氏物語』は世間の価値観を覆《くつがえ》すように、幅広い読者を得て高く評価されます。

蛍《ほたる》の巻で光源氏は、物語に熱中している玉鬘《たまかずら》をからかう一方で、「日本紀などは、ただかたそばかし。これらにこそ道々《みちみち》しく詳しきことはあらめ」と、六国史《りっこくし》などの歴史書は、ものの一面しか書いておらず、より大事なことは物語にこそ詳しいと語ります。光源氏にいったん物語を軽視させて、改めて高く評価するところに、当時の状況と紫式部の自負がうかがえます。

平安京はどこにあった？

平安京は現在の京都市にあたる場所にあった。京都の地形は、中国を中心に普及した、大地の四方の方角を司る「四神《しじん》」に基づいた四神相応の地とされた。

地図で見る平安京の場所

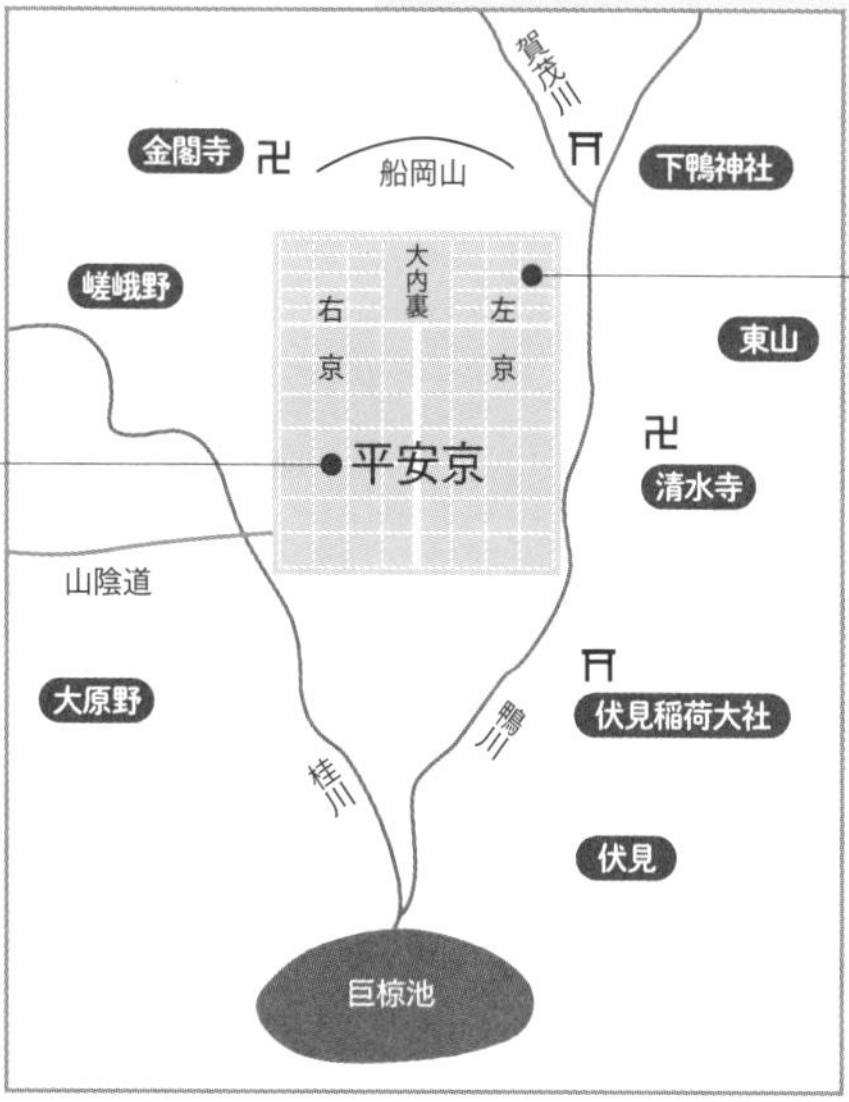

平安京は、794年に桓武天皇《かんむてんのう》が定めたのがはじまり。

四神相応とは東西南北をそれぞれに、青龍《せいりゅう》、白虎《びゃっこ》、朱雀《すざく》、玄武《げんぶ》の四神が鎮座するという信仰。平安京は北の船《ふな》岡山《おかやま》、東の鴨川《かもがわ》、西の山陰道《さんいんどう》、南の巨椋池《おぐらいけ》がこれに対応していると考えられた。

右京《うきょう》は開発が進まずに荒廃していく一方、左京は発展し、とくに北側に人や家が集まっていった。

東西に川を有し、南には池があることから水資源が豊富で、利便性にも長《た》けていた。

深い教養によってつくりあげられた物語

平安京を主な舞台とした『源氏物語』には、当時の行事、装束、習慣、信仰、娯楽など、さまざまな文化が描かれています。過去に実在した歌人や絵師の名前、あるいは当時読まれていた物語の名前なども登場し、当時の文化や風俗がふんだんに盛り込まれていて、平安時代の図鑑さながらです。

もっとも、物語中の世界は、制作当時より数十年さかのぼった時代を舞台としており、一種の時代物です。ですから物語の制作当時には行われなくなった過去の行事や技芸なども含まれています。

また、『源氏物語』全体で795首の和歌が作中人物によって詠まれ、漢籍を踏まえた表現も随所に見られます。

仮名文字で書かれた『源氏物語』

奈良時代から平安時代初期にかけて、日本は唐(中国)から政治制度、法律、文化、仏典などを移入しながら発展しました。奈良時代に編纂《へんさん》された『万葉集《まんようしゅう》』は、大和《やまと》言葉を漢字によって記しています。その中には、漢字を表音文字として用いて

平安京はどんな場所？

平安京は、唐の都長安《ちょうあん》をモデルとしており、左右対称、碁盤の目状につくられていた。東西約4.5㎞、南北約5.3㎞という壮大な敷地を有していた。その中で、大内裏《だいだいり》は東西約1.2km、南北約1.4kmの広さを誇った。ここでは、平安京と内裏《だいり》における主要な建物等を紹介する。

内裏図

天皇が住む御所が内裏。帝《みかど》は清涼殿《せいりょうでん》で日常生活を送り、天皇の妻や女官たちは後宮《こうきゅう》に暮らした。後宮は、清涼殿に近い建物ほど格上だった。

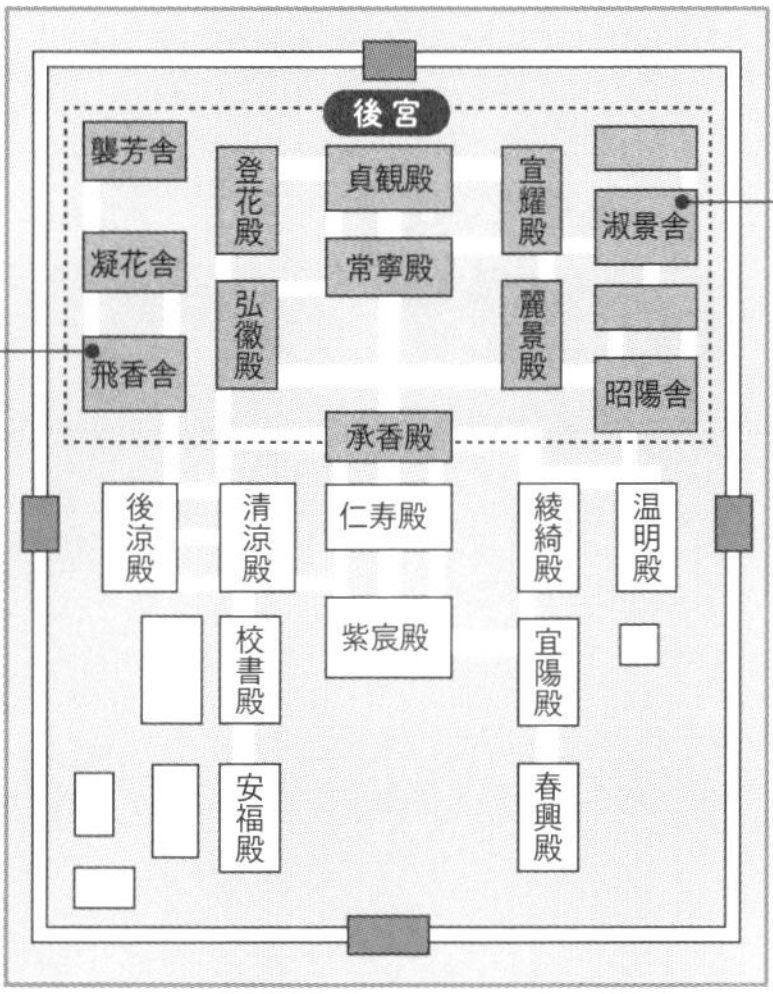

後宮
襲芳舎
凝花舎
飛香舎
登花殿
弘徽殿
貞観殿
常寧殿
宣耀殿
麗景殿
淑景舎
昭陽舎
承香殿
藤壺が住んだ。
桐壺更衣が住んだ。
後涼殿
清涼殿
仁寿殿
綾綺殿
温明殿
校書殿
紫宸殿
宣陽殿
安福殿
春興殿

平安京条坊《じょうぼう》図

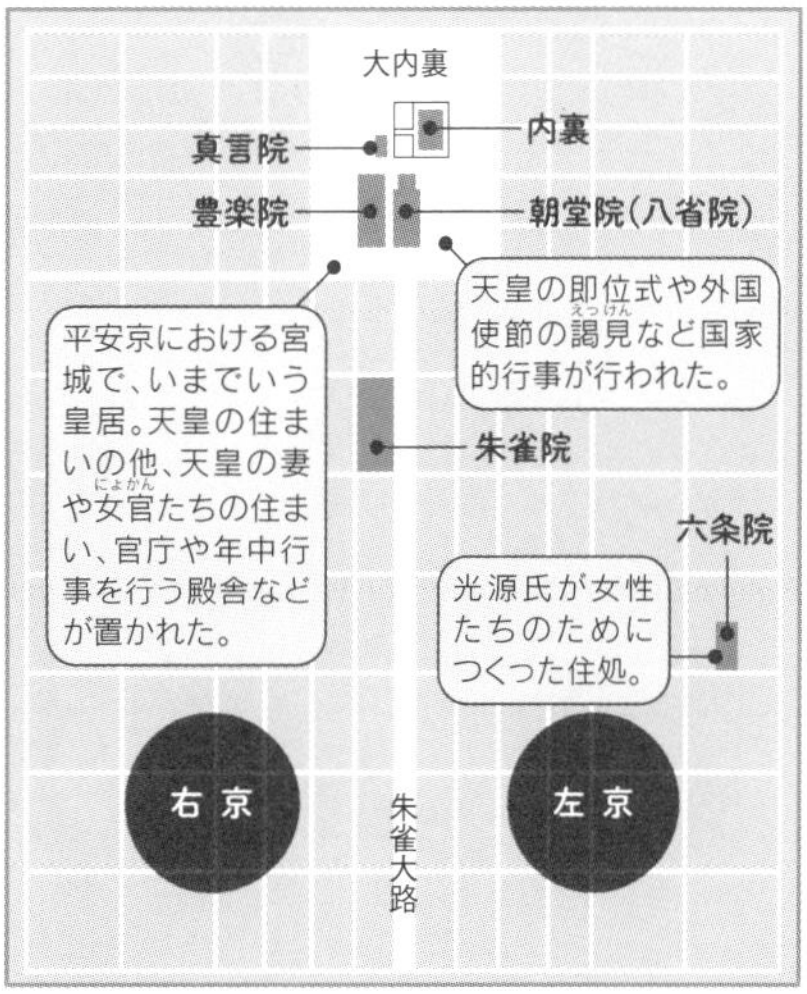

大内裏
内裏
真言院
豊楽院
朝堂院(八省院)
天皇の即位式や外国使節の謁見《えっけん》など国家的行事が行われた。
平安京における宮城で、いまでいう皇居。天皇の住まいの他、天皇の妻や女官《にょかん》たちの住まい、官庁や年中行事を行う殿舎などが置かれた。
朱雀院
六条院
光源氏が女性たちのためにつくった住処。
右京
左京
朱雀大路

いる「万葉仮名」もあり、次第に、仏典を読む僧侶たちからカタカナが生まれ、やがて男女を問わず用いる平仮名も生まれてきました。

たとえば和歌で、「あき」の音に「秋」と「飽き」を掛けるといった技法は、漢字のもつ文字の意味を無視した「仮名」が広まったから生まれたのでしょう。こうした動きは、遣唐使廃止よりも早く、9世紀後半には次第に広まっていたはずです。

10世紀になって、有力な貴族の娘たちと天皇との血縁関係が政治的に重要になる動きとあいまって、そこに仕える女房たちの和歌や日記、物語の制作も花開いていくのです。

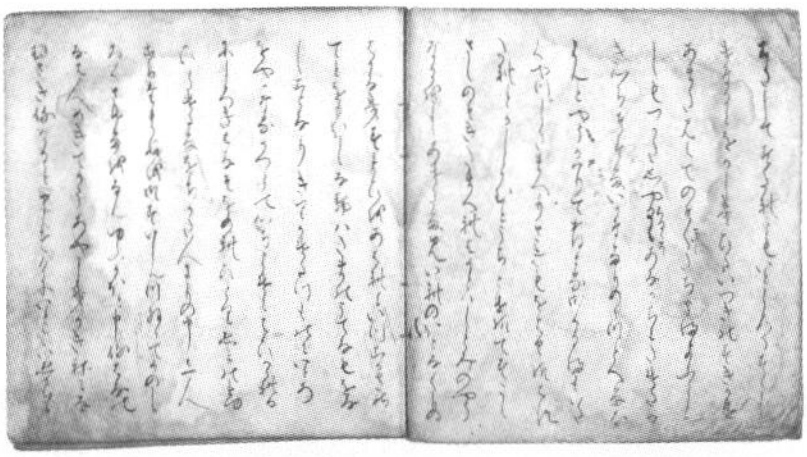

『源氏物語 夕顔』。鎌倉時代の古写本。平仮名が用いられているのがわかる。（13世紀／東京国立博物館）

『源氏物語』をテーマにした美術作品

『源氏物語』を美術作品に用いることは、自身の教養や風流をアピールすることにもなった。

『源氏物語』の冊子を収める源氏箪笥《たんす》。外側には澪標《みおつくし》・花宴《はなのえん》・明石《あかし》などの場面を描いている。金具などを多用した蒔絵《まきえ》を用い、大名婚礼の調度品であったと考えられる。（17 ～ 18世紀／東京国立博物館）

六条御息所《ろくじょうのみやすどころ》のもとを訪れる光源氏（賢木《さかき》の巻）を描いた扇。贈答用につくられたと考えられる。（伝土佐光元／16世紀／東京国立博物館）。

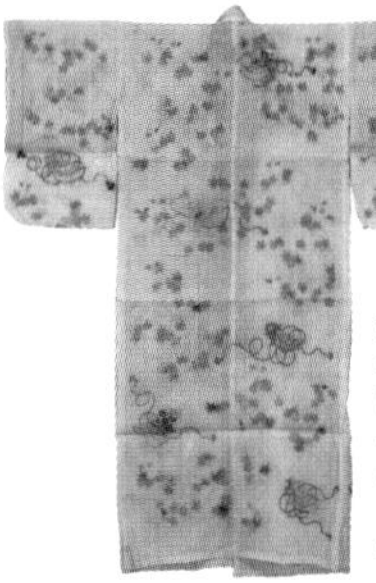

乳幼児用の産着で、紅葉と鳥兜《とりかぶと》との組み合わせから『源氏物語』の紅葉賀《もみじのが》をテーマにしたことがうかがえる。江戸時代後期に武家の娘が着用したと考えられる。（19世紀／東京国立博物館）。

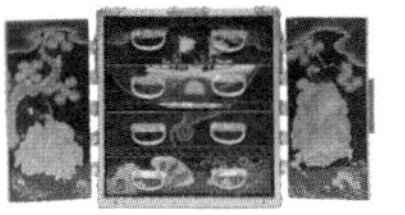

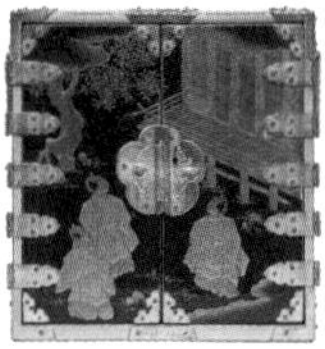

『源氏物語』を描いた雛道具。（1860年他／東京国立博物館）。

能楽に用いる大鼓の胴。竹垣に扇の文様が描かれ、夕顔《ゆうがお》の一場面を主題としている。（17世紀／東京国立博物館）。

美術作品として時代を超えて求められる『源氏物語』の雅な世界

『源氏物語』は、多くの貴族に読まれ、宮廷文化として花開き、やがて絵画の題材として用いられるようになります（源氏絵）。国宝「源氏物語絵巻」（12世紀）は、『源氏物語』についての美術作品としては、現在残る最古のものです。その後も屏風や画帖、工芸品、浮世絵など、時代を超えてさまざまな美術作品の題材となります。

　このように『源氏物語』から豪華な美術品が生まれる背景には、それぞれの時代の権力者たちの、光源氏のように栄華を極めたいという願望があったともいわれています。

時代・国境を越えて読まれる『源氏物語』

全編の英訳としては、1930年代に完成したアーサー・ウェイリー訳が有名です。洗練された文学的な英文で、「世界の文学としての『源氏物語』の評価はこの翻訳が得たものです。1970年代にはエドワード・サイデンステッカーの英訳、2000年代にロイヤル・タイラーの英訳も刊行されました。1980年代のルネ・シフェールのフランス語訳などもあり、現在では30言語以上の翻訳がありますが、英訳からの重訳や部分訳も多いのが現状です。

第一部

光源氏誕生〜青年期

帝《みかど》が格別に愛した桐壺更衣《きりつぼのこうい》の光り輝く皇子は、「源《みなもと》」の姓を賜って臣下に。新たに父の帝の後宮に入った藤壺《ふじつぼ》に憧れて、ついに密通、不義の子が生まれる。藤壺への満たされぬ思いのままに多くの女性たちと恋を重ねる光源氏《ひかるげんじ》の、波瀾万丈のサクセスストーリー。

第一部
第1〜33巻

登場する主要な人物の相関図

＝ 夫婦・恋人
― 親子
┈ 不義の関係
▲ 故人
［ 兄弟姉妹
（↓〇〇）のちの名称

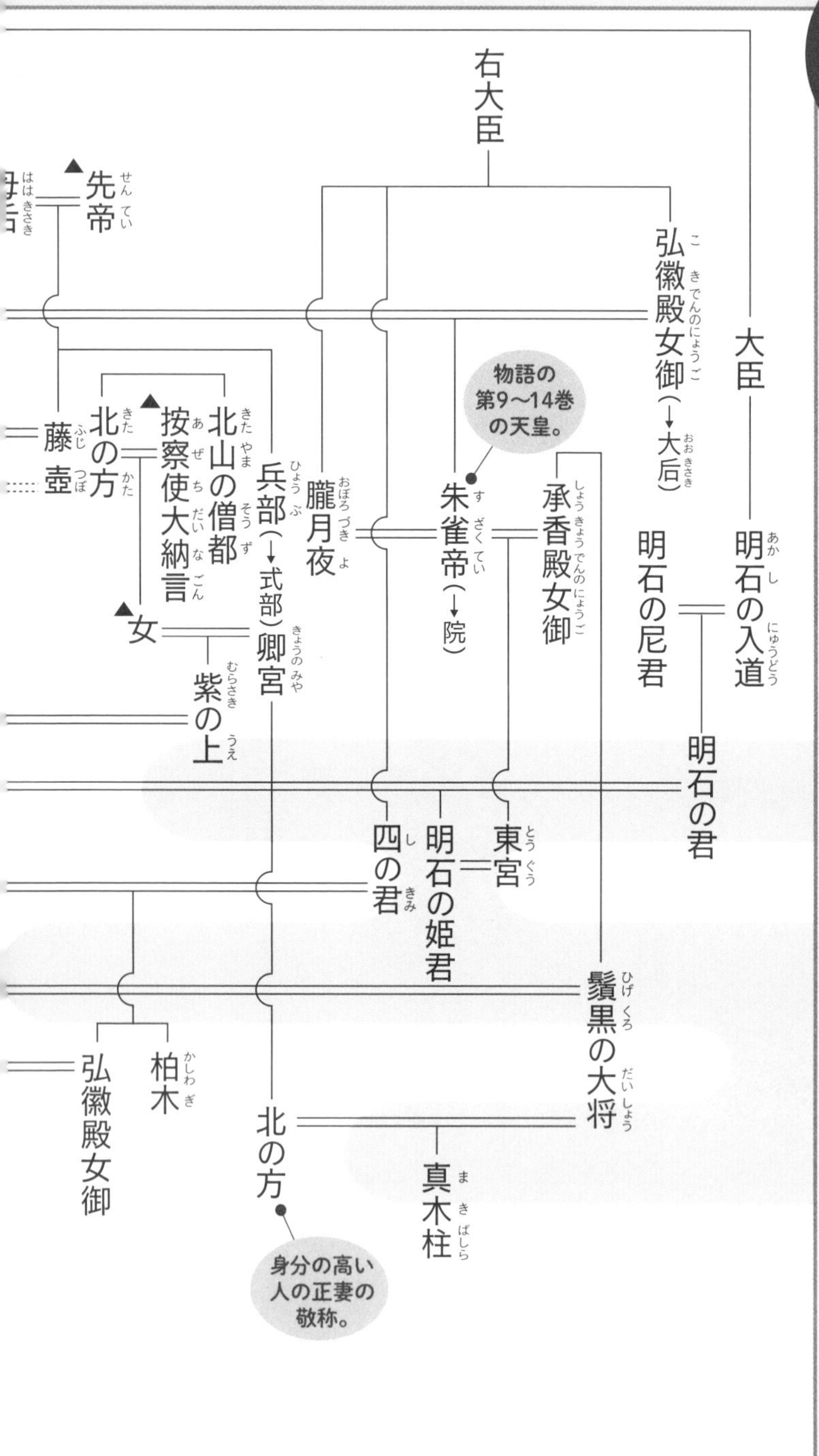

右大臣
▲先帝《せんてい》
母后《ははきさき》
弘徽殿女御《こきでんのにょうご》（↓大后《おおきさき》）
大臣
明石の入道《あかしのにゅうどう》
明石の尼君
明石の君
藤壺《ふじつぼ》
北の方《きたのかた》
▲按察使大納言《あぜちだいなごん》
北山の僧都《きたやまのそうず》
兵部《ひょうぶ》（↓式部）卿宮《きょうのみや》
朧月夜《おぼろづきよ》
物語の第9〜14巻の天皇。
朱雀帝《すざくてい》（↓院）
承香殿女御《しょうきょうでんのにょうご》
▲女
紫の上《むらさきのうえ》
四の君《しのきみ》
明石の姫君
東宮《とうぐう》
鬚黒の大将《ひげくろのだいしょう》
柏木《かしわぎ》
弘徽殿女御
北の方
真木柱《まきばしら》
身分の高い人の正妻の敬称。

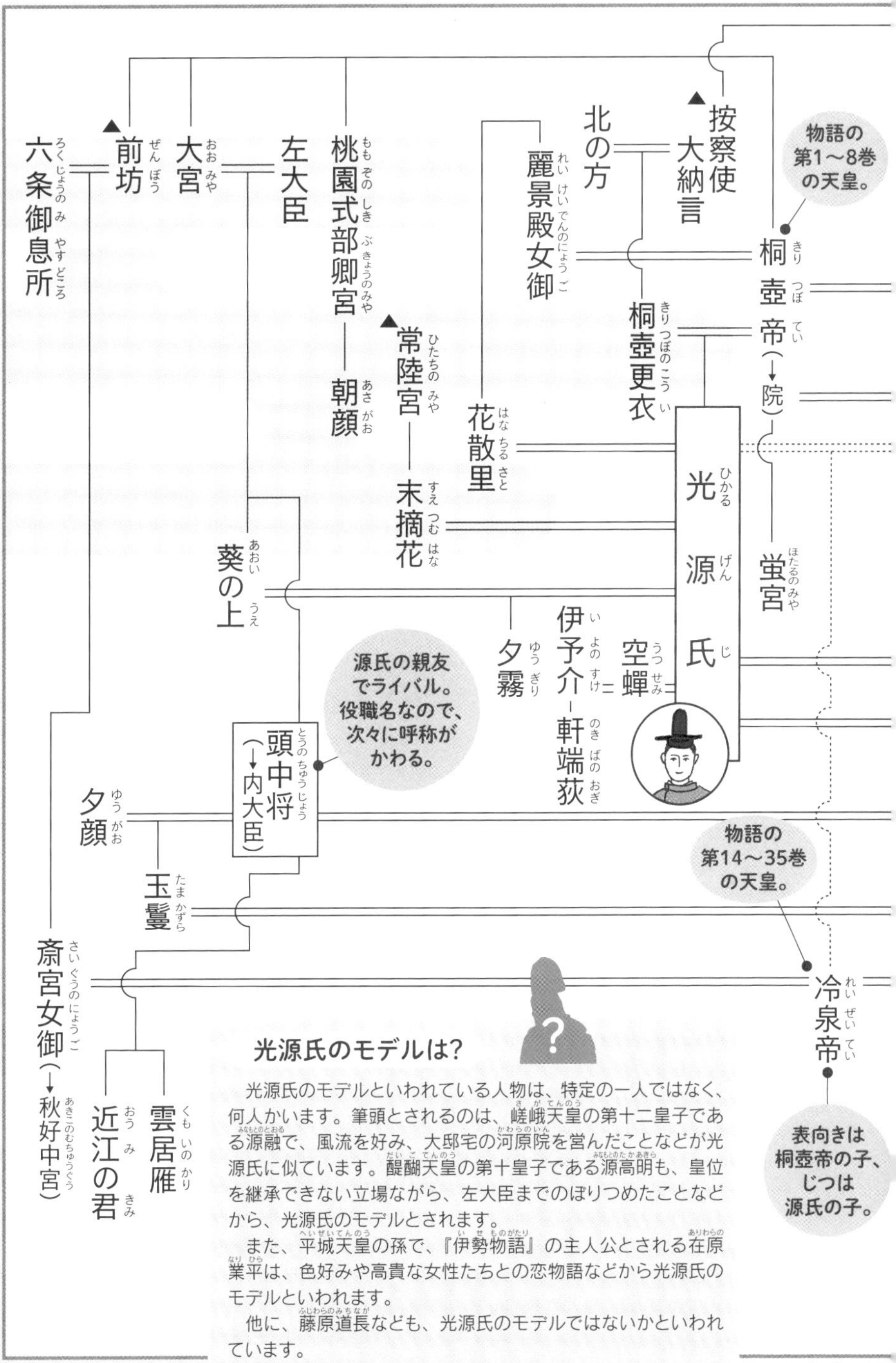

按察使
大納言
北の方
麗景殿女御《れいけいでんのにょうご》
物語の第1～8巻の天皇。
桐壺帝《きりつぼてい》（→院）
桐壺更衣《きりつぼのこうい》
蛍宮《ほたるのみや》
光源氏《ひかるげんじ》
花散里《はなちるさと》
常陸宮《ひたちのみや》
末摘花《すえつむはな》
桃園式部卿宮《ももぞのしきぶきょうのみや》
朝顔《あさがお》
左大臣
大宮《おおみや》
前坊《ぜんぼう》
六条御息所《ろくじょうのみやすどころ》
葵の上《あおいのうえ》
夕霧《ゆうぎり》
伊予介《いよのすけ》
空蝉《うつせみ》
軒端荻《のきばのおぎ》
源氏の親友でライバル。役職名なので、次々に呼称がかわる。
頭中将《とうのちゅうじょう》（→内大臣）
夕顔《ゆうがお》
玉鬘《たまかずら》
物語の第14～35巻の天皇。
冷泉帝《れいぜいてい》
表向きは桐壺帝の子、じつは源氏の子。
斎宮女御《さいぐうのにょうご》（→秋好中宮《あきこのむちゅうぐう》）
雲居雁《くもいのかり》
近江の君《おうみのきみ》

光源氏のモデルは?

光源氏のモデルといわれている人物は、特定の一人ではなく、何人かいます。筆頭とされるのは、嵯峨天皇《さがてんのう》の第十二皇子である源融《みなもとのとおる》で、風流を好み、大邸宅の河原院《かわらのいん》を営んだことなどが光源氏に似ています。醍醐天皇《だいごてんのう》の第十皇子である源高明《みなもとのたかあきら》も、皇位を継承できない立場ながら、左大臣までのぼりつめたことなどから、光源氏のモデルとされます。

また、平城天皇《へいぜいてんのう》の孫で、『伊勢物語《いせものがたり》』の主人公とされる在原《ありわらの》業平《なりひら》は、色好みや高貴な女性たちとの恋物語などから光源氏のモデルといわれます。

他に、藤原道長《ふじわらのみちなが》なども、光源氏のモデルではないかといわれています。

悲恋の両親と美しき若宮

巻名
桐壺《きりつぼ》

3歳で母を失った光源氏

どの帝《みかど》の御代《みよ》だったでしょうか、女御《にょうご》[*1]や更衣《こうい》[*2]が大勢仕える中に、それほど身分は高くないのに、帝の寵愛《ちょうあい》を一身に受ける桐壺更衣《きりつぼのこうい》がいました。他の女御や更衣たちの激しい妬《ねた》みを受け、心労で病気がちになった更衣の里下がりが増えると、帝は余計に愛着を募らせました。更衣の父の大納言《だいなごん》[*3]はすでに亡く、後見人《こうけんにん》もおらず、母である北の方《きたのかた》の苦労は絶えませんでした。

やがて、帝と更衣の間には、この世のものとは思えないほど美しい、玉のような男の子が生まれました。この若宮《わかみや》が物語の主人公、光源氏《ひかるげんじ》です。

若宮の兄である第一皇子（のちの朱雀帝《すざくてい》）は、身分の高い右大臣の姫君、弘徽殿女御《こきでんのにょうご》が産んだ子で、間違いなく東宮《とうぐう》（皇太子）になると思われていましたが、弟君の美しさにはかないません。帝は兄君には公人として一通りの愛情を示しつつ、私情としては限りなく弟君をかわいがりました。

若宮が産まれ、更衣への帝の寵愛はより深くなりました。昼は帝が更衣のもとに通い、夜は更衣を清涼殿《せいりょうでん》（帝のいる御殿）に呼び寄せます。身分の高くない更衣の部屋は清涼殿から遠く、他の女御や更衣たちの部屋の前を通らなければなりません。その際、通路に汚物を撒《ま》かれたり、途中で閉じ込められたりと、壮絶ないじめを受けました。

耐えかねた更衣は病の床に伏し、日に日に衰弱します。更衣の里下がりを拒んでいた帝も、許さざるを得なくなり、輦車《てぐるま》の宣旨《せんじ》（左頁参照）という特別待遇で送り出します。そのまま更衣は、3歳の若宮を残して帰らぬ人となりました。

用語解説

＊1 **女御**　天皇の妻。右大臣や左大臣の娘から選ばれる。
＊2 **更衣**　同じく天皇の妻だが女御に次ぐ家柄の出自で格下である。
＊3 **大納言**　官職の一つ。

宮中から去る臨終の桐壺更衣

病が悪化した桐壺更衣《きりつぼのこうい》は、引き留める帝《みかど》を振り切るように里帰りした。

死は穢《けが》れ
当時、死は穢れとされ、宮中で帝以外の者が死ぬことは許されなかった。
輦車《てぐるま》の宣旨《せんじ》
輦車は手で引く屋形車《やかたぐるま》で、宣旨とは、天皇の意向を下達すること。輦車は本来、親王《しんのう》や大臣、女御《にょうご》以上の者しか乗れない。桐壺更衣にとっては破格の待遇。
桐壺更衣
桐壺帝《きりつぼてい》

病死した桐壺更衣の未練の歌

かぎりとて　別るる道の　悲しきに
いかまほしきは　命なりけり

訳 もうこれが定めと、お別れする死出の道が悲しいにつけても、行きたいのは命永らえる道、生きる道のほうです。

鑑賞 『源氏物語』で詠まれる最初の歌。宮中を出る桐壺更衣に、帝は「死ぬときも一緒と約束したではないか。まさか私を捨てて先には行かせない」と追いすがる。その帝にこたえた歌で、死に瀕した状態でありながら、内容は生への執着に満ちている。

桐の花。古来、中国では鳳凰《ほうおう》が宿る木として神聖視されていた。桐壺とは宮中の淑景舎《しげいしゃ》のこと。中庭に桐が植えてあった。

亡き母に似た藤壺との出会い

更衣が亡くなったあと、若宮は北の方に育てられましたが、6歳のときにその祖母も他界し、宮中で暮らしはじめます。その美貌と才能によって皆にかわいがられる存在になりました。帝は、第一皇子を東宮に決めましたが、その後も、内心では何とか若宮を東宮にできないかと思案します。

高麗《こま》（中国東北部から朝鮮半島北部にあった渤《ぼっ》海国《かいこく》）の人相見に若宮の将来を占わせたところ、「天皇になる相だが、そうなると世が乱れる。だが重臣になって国政を補佐する相でもない」と首をかしげました。帝は思案の末、若宮を臣下にし、「源《みなもと》」という姓を与えます。その光り輝く若宮を、人々は「光る君」と呼ぶようになりました。

さて、帝は亡き先帝《せんてい》の四《し》の君《きみ》が桐壺更衣に似ていると聞いて入内《じゅだい》*1を求めます。

桐壺更衣の悲劇を知る母后《ははきさき》は戸惑っていたものの、母后の他界後に入内して藤壺《ふじつぼ》（という名前と部屋）を賜りました。その容姿はすばらしく、不思議なほど桐壺更衣に似ています。源氏から見て、かなり年上の女御や更衣ばかりの中、藤壺はいくつか年上な程度で、その若さと美しさに惹《ひ》きつけられました。源氏には母の記憶がないだけに、女官から「お母様によく似ていらっしゃいます」と聞けば、いっそう藤壺への思いを募らせるのでした。帝は藤壺に、「あなたは源氏の母によく似ているので、源氏が慕うのも無理はない。かわいがっておやり」と頼みました。

源氏は12歳で元服《げんぷく》*2し、その儀式は、前年に行われた東宮の元服に劣らないようにと盛大に行われました。その夜、左大臣の娘である葵《あおい》の上《うえ》が添臥《そいぶし》*3に選ばれ、そのまま源氏と結婚することに。

結婚後も、源氏の藤壺への思いは変わりません。「葵の上は大切に育てられた方なのだろうが、心惹かれるものがない」などと思い、藤壺のことだけが、苦しいほど思われるのでした。

用語解説

＊1 入内 天皇の妻になる人が正式に内裏（天皇居住の御殿）に入ること。
＊2 元服 男子が成人になったことを社会的に承認し、祝う儀式。
＊3 添臥 元服を終えた東宮や皇子に、当夜、女子を選んで添い寝させる風習があり、選ばれた女子を添臥という。

平安女性の暮らし

平安時代の女性は外出もほとんどせず室内で過ごした。恋愛も男性主導で、訪ねてくるのを待つだけ。男性と直接顔を合わせる機会も少なかったため、香りや文で趣味のよさをアピールしていた。とくに香りは重要で、自分の好みで練香《ねりこう》を調合し、衣装に香りをつけるための薫物《たきもの》、空間に香りを漂わせる空薫物《そらたきもの》など、さまざまな方法で香りを利用していた。主君に仕える女房の暮らしの一コマを見てみよう。

❶ 几帳《きちょう》

❷ 吊香炉《つりこうろ》

吊《つる》して使用する香炉。中に好みの香を入れて焚いた。

❸ 御簾《みす》

葦《あし》や竹を編んで垂らして、空間の仕切りとして使用。仕切りを取り除くときは、巻き上げた。「すだれ」ともいうが、貴人の家の場合は「みす」と呼んだ。

❹ 伏籠《ふせご》

練香を火取香炉《ひとりこうろ》で燻《くゆ》らし、その上に伏籠という竹の籠《かご》を置き、その上に装束をかけて香を移した。

❺ 二階棚《にかいだな》

❻ 打乱箱《うちみだりのはこ》

もとは手ぬぐいを入れるものだったが、その上で髪を梳《す》いたり、中に化粧道具、その他を入れて使用した。蓋のある浅い長方型の箱だが、蓋を開けて使用したり、のちには蓋のないものも出た。

❼ 唾壺《だこ》

もともとは唾液や痰を吐き入れる壺だったが、平安時代には室内装飾の道具となった。

❽ 泔坏《ゆするつき》

米のとぎ汁や強飯《こわいい》（米を蒸した固めの飯）を蒸したあとの湯を「泔」といい、髪を洗ったり梳いたりするときに用いられていた。「泔坏」は泔を入れておく器で、尻碗《しりわん》という台に載せて、さらに5脚の台に載せ置かれた。

中流貴族の人妻との関係に苦悩

巻名
帚木《ははきぎ》・空蟬《うつせみ》

女性談義に刺激されて……（帚木）

　長雨の続く夜、源氏が宮中の自室で宿直《とのい》をしていると、親友の頭中将《とうのちゅうじょう》（葵の上の兄弟）がやってきました。源氏の持つ女性からの手紙の話をきっかけに女性論を語り出し、「中流の女性は趣《おもむき》があってよい」などと言います。そこに、左馬頭《ひだりのうまのかみ》と藤式部丞《とうしきぶのじょう》も訪れ、どちらも恋愛経験が豊富で弁も立つので、女性談義に花が咲きます（「雨夜《あまよ》の品定《しなさだ》め」左頁参照）。

　左馬頭は中将の話を受け、「中流にこそ風情がある女性がいる」と話し、良妻選びの苦労などを語ります。話は女性の体験談へと移り、左馬頭は嫉妬深い女性（指食《ゆびく》いの女）と浮気な女性（木枯《こが》らしの女）の話、中将は本妻の責めに耐えかねて失踪した女性（常夏《とこなつ》*1の女、のちの夕顔）の思い出、藤式部丞は賢い博士の娘の話を披露しました。

　翌日、源氏は方違《かたたが》*2えで紀伊守《きいのかみ》の邸《やしき》を訪ねました。紀伊守の父、伊予介《いよのすけ》の家の女たちの噂話を聞くうち、伊予介の若い後妻（空蟬《うつせみ》）に興味を抱きます。それはまさしく、昨夜の女性談義に出た中流の女性でした。夜半に聞こえる空蟬とその弟（小君《こぎみ》）の会話から、寝所《しんじょ》を知った源氏は忍び込み、抵抗する空蟬をなだめて契《ちぎ》りを交わします。

　その後、源氏は空蟬のことが忘れられなくなり、小君に頼んで再びの逢瀬を願いますが、空蟬に拒絶されてかないません。空蟬は、「年配の受領の妻などにならず、実家にいる身であったなら」と、複雑な思いを抱えつつ、現実がこうである以上、「情の薄い女」で押し通そうと思い定めるのでした。

　そして物語は「空蟬」の巻へと続きます。

用語解説

＊1 常夏　撫子（なでしこ）の異名で「床（とこ）」を連想。その女性が撫子の花を贈ってきたことから。
＊2 方違え　凶の方角への移動を避けるため、一時的に別の場所に行くこと。
※帚木、空蟬、夕顔の巻を合わせて「帚木三帖」と呼ぶ。

光源氏たちが女性談義をする～雨夜《あまよ》の品定《しなさだ》め～

光源氏《ひかるげんじ》ら四人の男たちが経験をもとに
女性について意見を交わす。

光源氏
光源氏は、皇族や身分の高い貴族の平常服である直衣《のうし》を羽織るようにして袴をつけない、くつろいだ姿。

頭中将《とうのちゅうじょう》
葵の上の兄弟で源氏の友人でありライバル。

籐式部丞《とうしきぶのじょう》
藤原氏で式部省の三等官。

左馬頭《ひだりのうまのかみ》
左馬寮《さめりょう》（馬のことを扱う役所）の長官。

貴族の男性が考える理想の女性

雨夜の品定めは、四人の貴族の男性たちがそれぞれの価値観や経験をもとに世の中の女性のよし悪しを語る場面で、当時の男性たちの心理をうかがい知ることができる。

このあと、さまざまなタイプの女性が登場することを予感させる場面である。実際、この談義に促されるように、光源氏は中流層の女性との恋愛を重ねていく。

「雨夜の品定め」での女性談義の内容

1 女性を上・中・下の品という身分で分ける ▶ 仏教上の極楽浄土での階層、上品《じょうぼん》、中品《ちゅうぼん》、下品《げぼん》に現実の女性の身分をなぞらえた。中流の身分の女性への興味をそそられる。

▼

2 それぞれ体験談

- **光源氏**（聞き役）
- **頭中将** 子どもを連れて消える「常夏《とこなつ》の女」
- **左馬頭** 嫉妬深い「指食《ゆびく》いの女」、浮気な「木枯《こが》らしの女」
- **籐式部丞** 才気があり学問に通じた「にんにく女」

▼

3 どのような女性がよい妻になるか ▶ 結局、身分や容姿ではなく、一途で実直、落ち着いた女性がよい。さらに、何かの才能や心遣いもできる女性ならなおよい。

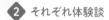

人違いで空蟬の継娘と契る（空蟬）

源氏は小君の手引きで再び紀伊邸を訪れ、二人の女が向き合って碁を打っているところをのぞき見ます。横を向いて、はっきり顔が見えないほうの女が、目当ての空蟬だと思われました。

もう一人の女は、こちらを向いているのでよく見えました。大柄で肌の白い美しい人で、派手な顔立ちですが、上着の前をはだけてだらしない格好をしています。振る舞いはあけっぴろげで陽気で、少し品がない印象です。空蟬の継娘の軒端荻《のきばのおぎ》だと、源氏は思い至りました。

一方の空蟬は、ほっそりして小柄で、目立たない容姿です。目が少し腫れぼったく、鼻すじが通っているわけでもなく、いってしまえば不器量なのですが、それを補うたしなみ深さがあります。

夜が更けると、小君が空蟬の寝所に源氏を引き入れました。ところが、空蟬はその気配を感じ、着ていた小袿《こうちき》[*1]を脱ぎ捨てて逃げ去ります。

そうとは知らない源氏は、寝ている女性を抱き寄せて「別人だ」と気づきました。空蟬と同室に寝ていた軒端荻だったのです。

まさか人違いとはいえず、軒端荻が目当てだったように言いつくろって契りを交わし、空蟬の小袿を持ち去りました。

源氏は翌朝になっても軒端荻に手紙[*2]を送らず、空蟬のつれない仕打ちを嘆くばかりでした。

小君に恨み辛みを言いながら、持ち帰った空蟬の小袿を見ています。その小袿をセミの抜け殻に例えた歌を、源氏が手習い[*3]のようにしたためたものを、小君が空蟬に届けました。

空蟬は小君の行動をひどく叱りつつ、歌を見て、「しまった。あの小袿は汗にまみれていなかったろうか」と心配になり、またも心を乱します。軒端荻のほうも、手紙一つこないことに気をもみ、普段の陽気さとは打って変わって、物思いにふけっているのでした。

用語解説

＊1 小袿 平安貴族の女性が平常着である袿の上に重ねて着た上着。
＊2 手紙 初めての逢瀬の翌朝は、男から女に手紙を送るのが礼儀。
＊3 手習い 習字の稽古の意味だが、古歌を写し書くことなどもいう。一見独り言のような独詠歌だが、人に見られることで贈歌になる場合もある。

平安の男性貴族の1日

平安の男性貴族の1日は、午前3時ごろ、皇居の入り口が開いたことを知らせる「開《かい》諸門鼓《しょもんこ》」の合図ではじまる。起床から出勤まで、しきたりに則り、多くのことを行っていた。以下のしきたりは、平安前期の右大臣で藤原道長《ふじわらのみちなが》の祖父にあたる藤原師輔《ふじわらのもろすけ》が、公卿《くぎょう》の生活全般にわたっての心得を記した家訓「九条殿遺誡《くじょうどのいかい》」に則ったもの。出勤は午前6時ごろで、昼前には帰宅。日没とともに就寝という生活だった。

タイムスケジュール

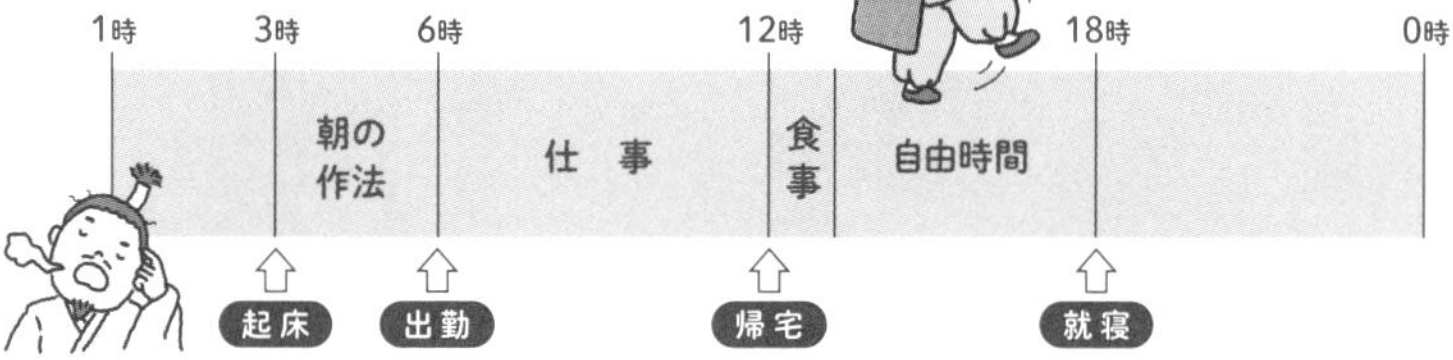
1時
3時
6時
12時
18時
0時
朝の作法
仕事
食事
自由時間
起床
出勤
帰宅
就寝

起床 午前3時ごろ、開諸門鼓の合図で起きる。

◆ **朝の作法**

①自分が属するとされる星（北斗七星の星のどれか）の名を7回唱えてから顔や星、暦を基準にした占いを行って吉凶を判断。吉ならば出勤、不吉であれば欠勤となった。

②歯を磨く。

③西の方角に向かい祈る。

④昨日の出来事を日記に記す。

⑤粥を食べる。

⑥髪をとかす（3日に一度）。

⑦爪を切る（手は丑の日、足は寅の日）。

⑧体を洗う（5日に一度）。

身を清めねば
キリッ

出勤 午前6時ごろ、牛車《ぎっしゃ》に乗って出勤。

◆ **仕事** 官職によって仕事内容は異なり、低い位の者は皇居の掃除や警備、より高い位になると会議や文書作成などの実務を行った。天体観測、占いなども業務だった。

こう見えても仕事中

帰宅 正午前に帰宅。

◆ **食事**

◆ **自由時間** 有力者への訪問や来客の対応などの情報交換、仏事や神事、詩会・歌会・管絃、その他、和歌や史書などの勉学、蹴鞠《けまり》、すごろくなどをして過ごした。

就寝 日没とともに就寝。ただ、官職によっては朝まで働く者もいた。

人知れぬ恋の悲しい結末

巻名
夕顔《ゆうがお》

無邪気なかわいさの虜に

源氏は六条《ろくじょう》のあたりに住む高貴な女性のところにお忍びで通っており、途中、五条《ごじょう》に住む乳母の見舞いに寄りました。この乳母は、源氏の腹心の従者である惟光《これみつ》の母です。

ふと隣家を見ると、粗末な板塀に蔓《つる》が這い、白い花が笑うように咲いています。源氏が興味を抱くと、随身《ずいじん》（おつきの警護人）が、その花は「夕顔」だと教えてくれます。一輪手折らせると、その家の使用人の童女が現れ、「これに載せて差し上げてください」と扇を差し出します。その家に住む女性（夕顔《ゆうがお》）が、歌をしたためた扇でした。

源氏は、惟光にその女性のことを探らせました。なかなか素性がわかりませんでしたが、チラリと見えた顔がとてもかわいかったこと、ひどく人目を気にして暮らしていること、付近で頭中将の牛《ぎっ》車《しゃ》が目撃されていることなどを報告します。源氏は、「雨夜の品定め」で頭中将が話していた失踪した女ではないかと疑います。

互いに素性を明かさず逢瀬を重ね、源氏は夕顔の無邪気さに夢中になります。その住居が騒がしいので、静かな所で会いたいと、ある日、近くの廃院（なにがしの院）*1に夕顔を誘いました。すると、夕闇の中、美しい女の物《もの》の怪《け》が現れ、あろうことか夕顔は事切れてしまいます。激しく消沈する源氏は、やはり夕顔が頭中将の元恋人で、二人の間には女の子がいると伝え聞きます。

折しも秋。軒端荻は蔵人《くろうど》の少将《しょうしょう》と結婚し、空蝉は夫とともに伊予国（現・愛媛県）に下ったと知り、源氏は女性たちとの別れを惜しむのでした。

用語解説

＊1 なにがしの院　「何とかいう院」の意味。近くの河原院(かわらのいん)がモデルとされる。河原院は源融(みなもとのとおる)の別院で、死後、その亡霊が現れたとされる。『源氏物語』が書かれたころには荒廃していた。

光源氏へ歌を詠みかける夕顔

夕顔《ゆうがお》は、花の名を尋ねる光源氏に、扇と夕顔の花を添えて歌を詠んだ。

夕顔
夕顔の召使の女の子と光源氏の従者が直接手渡しをする。
惟光朝臣《これみつあそん》
源氏の乳兄弟で、腹心の従者。
夕顔
夕顔は実を食用にもした花。『枕草子《まくらのそうし》』では注目されるが、『源氏物語』以前の和歌にはほとんど詠まれていないため、光源氏は知らなかったのだろう。
光源氏

夕顔が源氏に詠んだ歌

心あてに　それかとぞ見る　白露の光そへたる　夕顔の花

訳 当て推量であの方かしらと思っております。白露のような輝きが加わった夕顔の花ですよ（「白露の光」が光源氏、「夕顔の花」が夕顔を指すとも解釈できるが、あくまで「露」と「夕顔」を詠んだとする説も有力）。

ポイント 当時、歌は男性から女性に詠みかけるのが通例であった。夕顔が自ら詠んだのは、「愛人である頭中将と間違えた」「花を所望する高貴な人への挨拶の意味」「女房たちの合作だった」など、諸説ある。

夕顔の花。

北山で素朴な美少女と出会う

巻名 若紫《わかむらさき》

藤壺は秘密の逢瀬で懐妊

源氏はわらわ病《やみ》を患い[*1]、治療のために高僧のいる北山《きたやま》[*2]を訪ねます。よい景色を見て、従者の一人が明石の浦の眺めのよさを語り、話はそこにいる明石《あかし》の入道《にゅうどう》[*3]の美しい娘のことに及びました。

近くに風情のある僧坊《そうぼう》（僧の住まい）があり、のぞいてみると、尼君と乳母とともに何人かの少女がいました。その一人は10歳くらいに見え、遊び相手が「雀《すずめ》を逃がした」と泣く様子もいかにも幼いのですが、源氏は強く惹きつけられます。この少女（若紫《わかむらさき》）の顔を見ているうち、藤壺に似ているから惹かれるのだと気づきました。

源氏は「若紫を預かりたい」と祖母である尼君に頼みますが、「まだ幼いから」と拒まれます。

病が癒えて都に戻っても、葵の上との関係がぎくしゃくすると若紫のことが思い出されます。

そのころ、藤壺が病のために里下がりしたと知った源氏は、藤壺の侍女《じじょ》である王命婦《おうみょうぶ》に手引きを頼んで寝所に忍び込みました。藤壺は戸惑い恐れましたが、夢のような時間の中、源氏はついに思いを遂げます。この一度の逢瀬で身ごもった藤壺は、桐壺帝が大喜びするのを見て、罪の意識に苛《さいな》まれます。深い後悔と苦しみの中で、再びの逢瀬を求める源氏を避け続けるのでした。

一方、若紫の祖母である尼君は病に倒れ、亡くなる間際、源氏に若紫の将来を託します。

源氏は、若紫の父が迎えに来る前夜、急遽、若紫を引き取って自邸の二条院《にじょういん》に迎え入れます。最初は恐れていた若紫も、次第に源氏になついていきました。

用語解説

＊1 **わらわ病** 発作を繰り返すマラリアのような病気。
＊2 **北山** 京都の北方にある山々の総称。
＊3 **明石の入道** 播磨（はりま）の国の元国守で桐壺更衣の従兄弟にあたる。

北山での垣間見

病気療養のために訪れた北山《きたやま》で、光源氏は藤壺《ふじつぼ》に似た少女を見る。

若紫《わかむらさき》
10歳くらいに見えて子どもっぽく、まゆも剃っていない。しかし、成長後の美貌を予感させる顔立ちで藤壺に似ている。のちの紫《むらさき》の上《うえ》。
若紫の従者である少女が飼っていた雀の子を逃がしてしまった。
光源氏
垣根の間からのぞいた光源氏は、藤壺に似た若紫に惹きつけられる。

若紫を見て光源氏が詠んだ歌

**初草の　若葉のうへを　見つるより
旅寝の袖も　つゆぞかわかぬ**

訳 初草の若葉のようなかわいらしいお方を見てから、旅の宿で涙に袖が濡れて、まったく乾く間もありません。

ポイント 若紫はまだ幼く返歌もできないため、代わりに尼君が返歌する。

光源氏の恋心を表現した趣旨はわざと無視し、「今宵一夜だけ宿るあなた様の袖が濡れていることと、いつも山奥で暮らす私どもの衣が濡れていることを比べないでいただきたいものです」と歌い、暗に、孫娘は光源氏の相手としてはふさわしくないと伝えている。

若紫と藤壺の関係

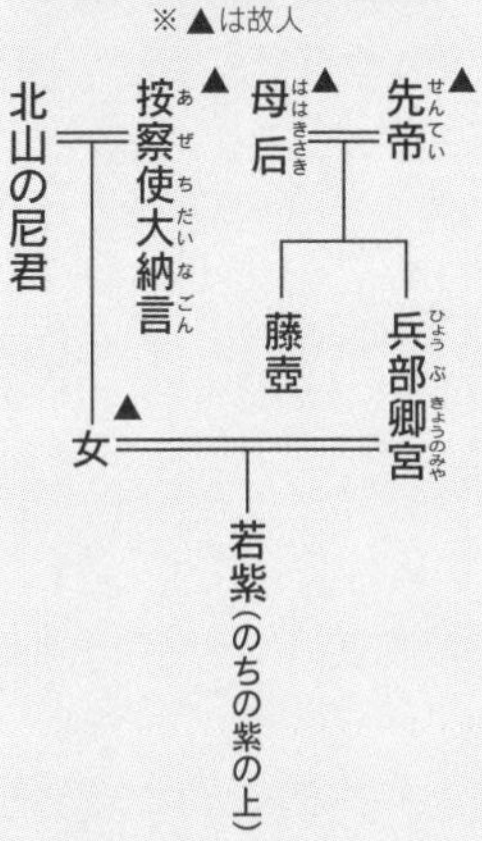
※▲は故人
先帝《せんてい》▲
母后《ははきさき》▲
按察使大納言《あぜちだいなごん》▲
北山の尼君
藤壺
兵部卿宮《ひょうぶきょうのみや》
女▲
若紫（のちの紫の上）

若紫が藤壺に似ているのも道理で、二人は叔母と姪の関係であった。それを知ると、光源氏は若紫への恋慕の情をますます募らせることとなった。

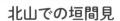

月明かりで見た姿に驚愕

巻名
末摘花《すえつむはな》

内気すぎる姫君への対応に苦慮

夕顔を亡くした喪失感を埋められずにいた源氏は、*1乳母子《めのとご》である大輔命婦《たいふのみょうぶ》から、夕顔に似た境遇で、荒れ果てた邸でひっそりと暮らしている故常陸宮《ひたちのみや》の姫君（末摘花《すえつむはな》）の話を聞いて関心を抱きました。

その姫君を垣間見《かいまみ》に出かけ、聞こえてくる*2琴《きん》の琴《こと》の音色に心ときめかせます。

すると、頭中将があとから来て、二人は争って末摘花に手紙を送ることになります。

源氏は、返事がこないので頭中将になびいたのかと心配になり、秋、大輔命婦に手引きをさせて末摘花と契りました。しかし、姫が甚《はなは》だしく内気で、すべてに反応が鈍いことに落胆し、早いほどよい*3後朝《きぬぎぬ》の文《ふみ》も、夕方になったほどでした。

しばらく足が遠のいた源氏でしたが、ある雪の夜、思い立って末摘花を訪問しました。その翌朝、雪明かりの中で見た末摘花の容貌は、驚くべきものでした。

胴長で、鼻は長く垂れ下がり、先が紅花で染めたように赤く、肌は白く青ざめ、おでこは広く、顔の下半分が長く、何とも不細工でした。唯一の取り柄は髪で、身長より長くまっすぐな黒髪は、どんな姫君にも負けない美しさでした。

がっかりした源氏でしたが、その容貌を見て、かえってあわれを催し、貧しさにも同情して面倒を見ようと決意します。

その一方で、ますます美しくなる紫《むらさき》の上《うえ》（以前の若紫）を愛おしみ、鼻の赤い女性の絵を描いたり、自分の鼻を赤く染めたりして戯れるのでした。

用語解説

＊1 乳母子 乳母の子。乳兄弟。なお、大輔命婦の母と惟光の母は別の乳母。
＊2 琴の琴 中国渡来の七弦の琴。源氏物語中では皇族に伝わる高貴な楽器とされる。
＊3 後朝の文 共寝(ともね)した翌朝に、男性から女性に送られる手紙のこと。

光源氏が末摘花の容姿に気づく

雪の日の夜明けに、初めて見た相手の姿に仰天する光源氏。

末摘花《すえつむはな》
胴長で、鼻は高く、先が少し垂れ下がって赤い。顔は青ざめておでこは広く、顔の下半分が長い。
黒貂《ふるき》の皮衣《かわぎぬ》
シベリア産のイタチの皮でできた高価な綿入れだが、流行遅れの男物。
美しい黒髪
唯一の取り柄は、身長より30㎝ほども長い美しい黒髪。当時はまっすぐな長い黒髪ほど美人とされた。

醜女でも情をかけて世話する理由

日本神話には、不器量な相手を親元に帰したために、命は有限になったという話が出てくる。また、『伊勢物語』には、老女に情けをかける男の心を賞賛する記述がある。これらを踏まえると、醜女《しこめ》でも見捨てず、生涯世話をすることで、真の色男としての理想像を示したと考えられる。

末摘花とは紅花の異称。

待ち続けることで見い出された末摘花

光源氏と末摘花の物語は、出会ってからも末摘花が返歌をしなかったり、光源氏が若紫と出会い藤壺と密会したりと、遅々として進まない。

やがて光源氏に忘れられ、末摘花は没落の一途をたどるが、父の邸宅をかたくなに守るうちに再び光源氏が訪れる。最終的には光源氏の二条東院《にじょうひがしのいん》へ迎え入れられ報われる。

光源氏と末摘花

→ **春** 末摘花の邸《やしき》に出向き、琴の音を聞く（出会い）

夏 ―

秋 末摘花と一夜をともにする

冬 雪の夜に末摘花を訪ね、翌朝、その容貌に仰天する

この間、光源氏は須磨へ下り、やがて帰京

→ **約11年後**

再会
「待ち続けるあなたはどんな美女にも勝る美しい心をもっている」

光源氏がたまたま末摘花邸の前を通りかかり立ち寄る

→ **2年後**

光源氏の二条東院へ迎えられる

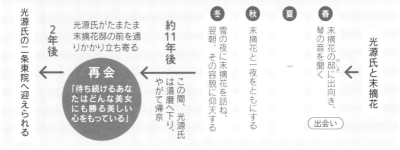

優雅な舞に人々は感動

巻名
紅葉賀《もみじのが》・花宴《はなのえん》

不義の子の誕生（紅葉賀）

紅葉の美しい10月、朱雀院《すざくいん》での[*1]一院《いちのいん》の長寿の祝宴に際し、身重の藤壺のために、桐壺帝《きりつぼてい》は宮中で試楽（リハーサル）を催しました。

源氏と頭中将が、唐から伝わった二人舞の青海波《せいがいは》を披露（左頁参照）。源氏の舞の美しさが人々を感動させ、桐壺帝も涙を落とすほどでした。源氏を快く思わない弘徽殿女御は、不吉にも「こんなに美しい人は神隠しにあうのでは」などとつぶやきます。

しかし藤壺は、源氏の舞を言葉少なに称賛するのみで、「桐壺帝への畏《おそ》れ多い裏切りさえなければ、この場を楽しめたのに」と思うのでした。

藤壺は出産予定の12月になっても産気づかず、2月中旬[*2]にようやく出産。源氏にそっくりの子どもを見て藤壺は恐れおののきますが、桐壺帝は手放しで喜び、源氏に「本当に似ているけど、小さいうちはみんなこんな風なの」と語るので、源氏も感動しながら罪の意識を抱きます。

藤壺に避けられた源氏は、面差しの似た紫の上に心慰められ、葵の上とはますます疎遠になります。桐壺帝は、葵の上との結婚が心に染まないのだと、源氏を不憫《ふびん》がりました。

そんな折、源氏は年が57、8歳の好色の老女官、源典侍《げんのないしのすけ》に「押し開いてきませ」と[*3]催馬楽《さいばら》の一節を踏まえたセリフで露骨に迫られ、一夜をともにします。その夜更けに頭中将が源典侍を訪れ、源氏と頭中将は互いの装束を取り合って戯れます。

7月、桐壺帝は藤壺を中宮《ちゅうぐう》にします。生まれた若宮を、いずれ東宮にするための配慮でした。

用語解説

＊1 **一院**　桐壺帝より前の帝の一人。おそらく桐壺帝の父だろうが、不明。
＊2 **2月中旬**　桐壺帝の子としては遅いが、源氏の子としては順当な出産時期。
＊3 **催馬楽**　平安時代に流行した歌謡の一種。

光源氏と頭中将が青海波を舞う

青海波《せいがいは》の舞で人々を魅了する光源氏。

青海波は波を表す模様の名前でもある。その模様の袍《ほう》（束帯の上着）を着る。

青海波

唐から伝わった二人舞の雅楽。

光源氏の美しさに心乱す藤壺

原文 おほけなき心のなからましかば、ましてめでたく見えまし

訳 畏《おそ》れ多い心の悩みがなかったならば、いっそう素晴らしく見えたろうに

鑑賞 青海波を舞う光源氏の美しさを見た藤壺がその思いを詠んだ言葉。「畏れ多い心の悩み」は光源氏との密通、帝への裏切りを指す。

ポイント 紅葉賀《もみじのが》とは、紅葉のころに催す祝宴で、ここでは先の帝である一院《いちのいん》の長寿の祝いを指す。

祝宴は一院の住む朱雀院で行われるが、桐壺帝は身重の藤壺を気遣い、行幸の前に宮中で試楽を行った。

周囲が光源氏の美しさを絶賛する中、光源氏との密通に悩む藤壺は、その美しさを心から称賛することもできない。

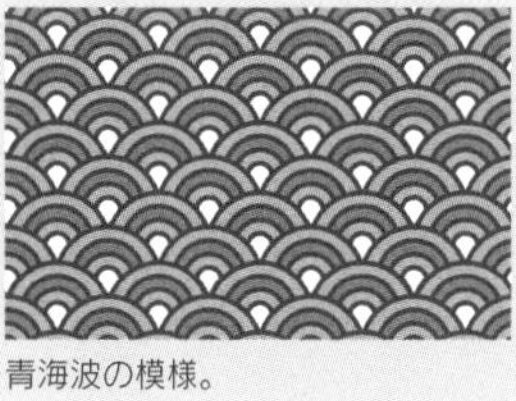

青海波の模様。

月夜の運命的な出会い（花宴）

翌春の2月下旬、宮中の紫宸殿《ししんでん》で桜の宴《うたげ》が催され、源氏は兄の東宮（弘徽殿女御の息子、のちの朱雀帝《すざくてい》）に所望されて漢詩と春鶯囀《しゅんのうてん》*1の舞を披露します。

源氏の漢詩は、専門家たちをうならせるほど優れていました。また、その舞いは青海波のときと同様、人々を感動させ、称賛を浴びました。

夜が更けて宴が終わり、人々が去ったあと、酔い心地の源氏は月明かりに風情を覚えて去りがたく、藤壺の住む御殿のあたりをそぞろ歩きますが、あたりの戸は閉まっています。

気持ちが収まらず、向かいにある弘徽殿に立ち寄ってみると、開いている戸があったので忍び込みました。すると、「朧月夜《おぼろづきよ》*2に似るものぞなき」と歌を口ずさんでいる女（朧月夜）がいました。

暗闇の中で源氏がその袖をつかむと、女は驚いて人を呼ぼうとしますが、「私はすべての人に許されているので人を呼んでも無駄ですよ。お静かに」という声に源氏だと気づいて少し安心します。

月の光に恋情をかき立てられた二人は慌ただしく結ばれ、源氏は相手の名も知らぬまま扇を交換して別れました。

翌朝、源氏は、「昨夜の女性は誰だったのか」と思いめぐらせ、もし、近く東宮に入内する予定の右大臣《うだいじん》の六女だったら「かわいそうなことをしたかもしれない」と考えます。

3月下旬、右大臣が開催した藤の宴に招かれた源氏は、宴のあとに酔ったふりをして、扇を交換した主を探すため、二人にしかわからない言いかたで声をかけます。

すると、几帳《きちょう》越しに目当ての朧月夜から返事があり、源氏はやっぱりあのときの人だと知って喜んだのでした（その後、実際に朧月夜が右大臣の六女だと判明します）。

用語解説

＊1 **春鶯囀** 雅楽（ががく）の唐楽（とうがく）の曲名の一つ。鶯（うぐいす）のさえずりを模した旋律が多用される。

＊2 **朧月夜に似るものぞなき** ほのかにかすんだ春の月ほど美しいものは他にない。大江千里（おおえのちさと）の歌を踏まえて女性らしい言葉にかえたものとされる。

平安京の年中行事

平安前期に『内裏式《だいりしき》』（宮中の恒例、臨時の儀式を記した書物）が成立して以降、宮廷行事の整備が進み、さまざまな年中行事が形成されていった。貴族にとって、これらを作法どおりとり行うことはきわめて重要だった。

1月	四方拝《しほうはい》、朝賀《ちょうが》、小朝拝《こちょうはい》、元日節会《がんじつのせちえ》、歯固《はがため》、餅鏡《もちいかがみ》、朝覲行幸《ちょうきんのぎょうこう》、二宮大饗《にぐうのだいきょう》、大臣大饗《だいじんだいきょう》、臨時客《りんじきゃく》、叙位《じょい》、白馬節会《あおうまのせちえ》、女叙位《おんなじょい》、御斎会《ごさいえ》、若菜《わかな》・子日《ねのひ》の遊び、卯槌《うづち》・卯杖《うづえ》、県召除目《あがためしのじもく》、踏歌節会《とうかのせちえ》、射礼《じゃらい》・賭弓《のりゆみ》、内宴《ないえん》
2月	祈年祭《としごいのまつり》、春日祭《かすが》
3月	上巳祓《じょうしのはらえ》、曲水宴《ごくすいのえん》、石清水臨時祭《いわしみずのりんじのまつり》
4月	更衣《ころもがえ》、灌仏会《かんぶつえ》、賀茂祭《かものまつり》
5月	端午節会《たんごのせちえ》、競馬《くらべうま》
6月	祇園御霊会《ぎおんごりょうえ》、水無月祓《みなづきはらえ》（大祓《おおはらえ》）
7月	七夕《たなばた》、盂蘭盆会《うらぼんえ》、相撲節会《すまいのせちえ》
8月	月見の宴、駒牽《こまひき》、司召除目《つかさめしのじもく》
9月	重陽宴《ちょうようえん》
10月	更衣《ころもがえ》・亥子餅《いのこもち》
11月	新嘗祭《にいなめまつり》・豊明節会《とよあかりのせちえ》・五節《ごせち》、賀茂臨時祭《かものりんじのまつり》
12月	御仏名《おぶつみょう》、大祓、追儺《ついな》

1月 射礼《じゃらい》・賭弓《のりゆみ》

「射礼」とは17日に建礼門《けんれいもん》の前で、天皇臨席のもと、親王以下五位以上の貴族および六衛府《ろくえふ》の官人が弓技を披露。翌日、弓場殿《ゆばどの》で、近衛府《このえふ》・兵衛府《ひょうえふ》の舎人《とねり》が天皇の前で弓技を競うことを「賭弓」という。

6月 大祓《おおはらえ》

水無月祓《みなづきばらえ》ともいう。年2回の「大赦」の一つ。6月の晦日、半年分の穢れを除くため、茅《ち》の輪をくぐったり、人形《ひとがた》を川に流す。夜には、天皇・皇后・東宮の背丈に切った竹の枝を折る「節折《よおり》」を行う。

12月 追儺《ついな》

大晦日に邪気を払うため、大舎《おおと》人寮《ねりりょう》の舎人を鬼に見立て、それを殿上人たちが桃の弓、葦の矢、桃の杖で追い払う。「鬼やらい」「なやらい」ともいう。

葵の上が出産のあと逝去

巻名
葵《あおい》

車争いののち御息所が生霊に

桐壺帝は譲位して院となり、源氏の異母兄である朱雀帝が即位。藤壺の産んだ皇子（表向きは桐壺院の子、実際は源氏の子）が新東宮となり、源氏は桐壺院に請われてその後見人となります。

そんな中、*1六条御息所《ろくじょうのみやすどころ》との浮名を流す源氏を桐壺院は諫《いさ》めます。源氏が前から求愛している朝顔《あさがお》（桐壺院の弟の娘）は、「御息所のようにはなりたくない」と、源氏に返事もしなくなりました。

*2賀茂祭《かものまつり》が盛大に行われ、源氏も行列に加わりました。身重の葵の上も見物に行きます。一方、六条御息所もお忍びで出かけます。ところが、六条御息所の車は、あとから来た葵の上の車に追いやられ（「車争い」左頁参照）、一部が壊れて、見物もできませんでした。ひどく傷ついた六条御息所は、魂が体から抜け出すようになります。

やがて、葵の上は物の怪に取りつかれて苦しみはじめます。苦しみの中で、いつになく素直な様子の葵の上でしたが、話しかたやしぐさが六条御息所のそれであることに気づき、源氏は驚愕します。

六条御息所は、衣についた*3芥子《けし》の香が取れないことから、自分が生霊となったことを知ります。

葵の上は、苦しみの中で男児（夕霧《ゆうぎり》）を出産しますが、直後に急逝し、源氏は深く悲しみます。正妻としての十分な期間、左大臣《さだいじん》邸で丁重に喪に服したあと、自邸に戻りました。

久しぶりに会った紫の上が、いっそう美しく大人びて見えて、まもなく、新枕《にいまくら》を交わします。

葵の上亡きあと、夕霧の養育は祖母（葵の上の母）である大宮《おおみや》に託されました。

用語解説

＊1 **六条御息所**　亡くなった前東宮の妃。夕顔の巻に出てきた「六条のあたりに住む高貴な人」がこの人物らしいとわかる。

＊2 **賀茂祭**　4月の第二の酉の日(現在は5月15日)に行われる上賀茂神社・下鴨神社の例祭。

＊3 **芥子**　当時は物の怪よけに芥子の香を焚く習慣があった。

葵の上と六条御息所の車争い

賀茂祭で六条御息所《ろくじょうのみやすどころ》と葵《あおい》の上《うえ》の牛車《ぎっしゃ》が場所を争う。

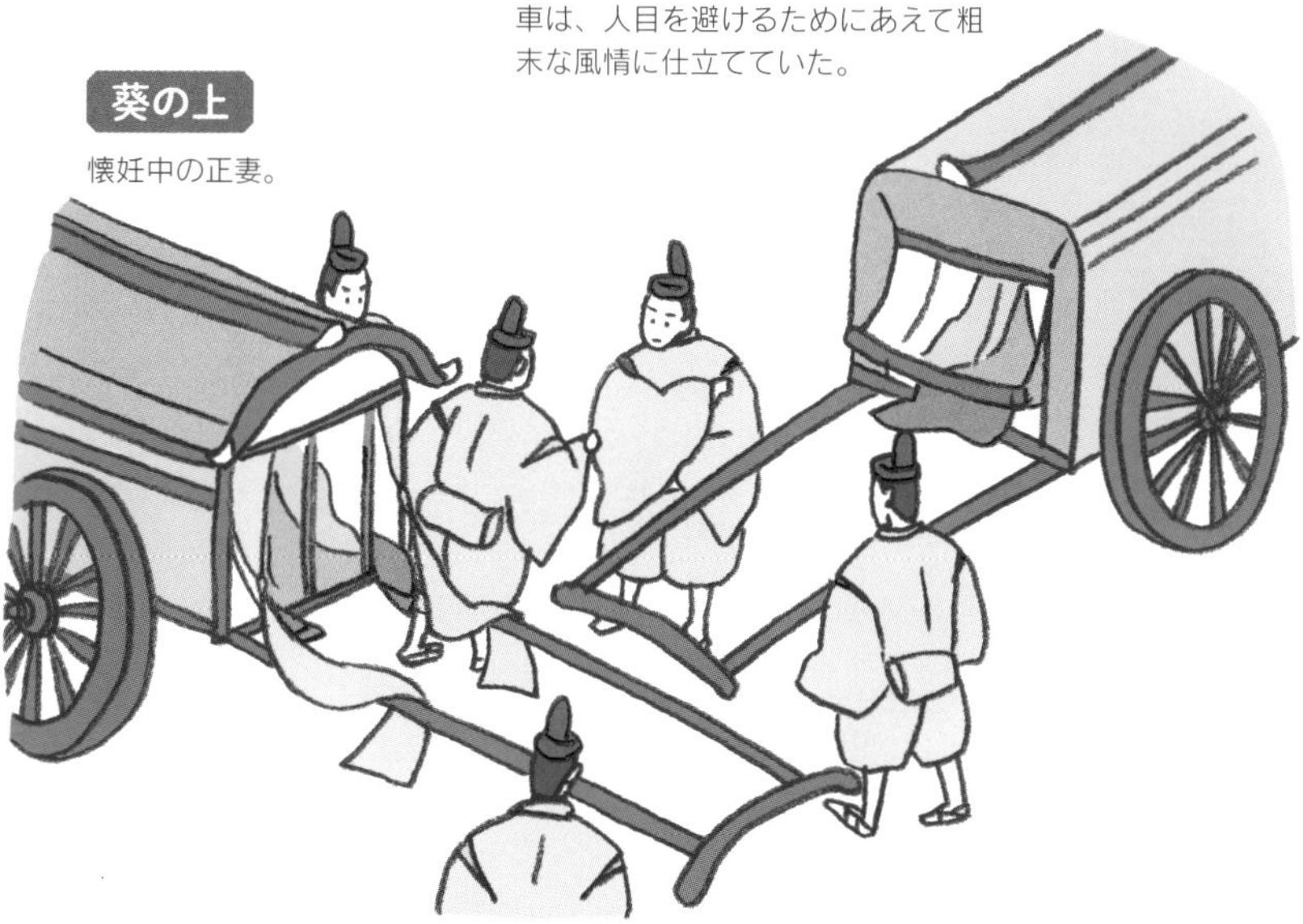
六条御息所
光源氏の愛人である六条御息所の牛車は、人目を避けるためにあえて粗末な風情に仕立てていた。
葵の上
懐妊中の正妻。

禊《みそぎ》の儀式に同行する光源氏の姿を一目見ようと、都中の人がこぞって集まる。

生霊と化した六条御息所

葵の上一行に屈辱的な扱いを受けた六条御息所は、深く悩み、次第に心身が不安定になっていく。

やがて、懐妊して体調不良で寝込む葵の上に生霊となって取りつく。

般若で表す嫉妬と恨み

六条御息所は、源氏物語の中でたびたび物《もの》の怪《け》として登場する。背後には家同士の争いも想定できるが、女の嫉妬の物語として読み継がれた。

謡曲「葵上」では、六条御息所の生霊を般若の面で表現している。

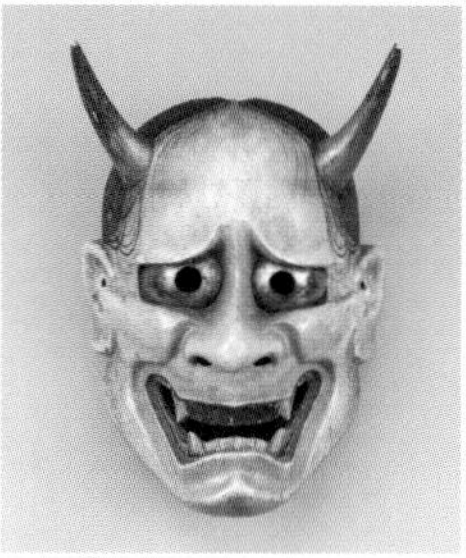

般若の能面（17～18世紀／東京国立博物館）。高貴な女性の怒りや嫉妬、苦しみが表される。

密会が見つかり怒りを買う

巻名
賢木《さかき》・花散里《はなちるさと》

御息所と別れを惜しむ（賢木）

秋、六条御息所は源氏との関係に終止符を打ち、*1斎宮《さいぐう》となった娘とともに伊勢に下ることを決意しました。源氏は、「このまま別れるのは忍びない」と六条御息所を訪問。六条御息所は、嵯峨野《さがの》の野《のの》宮《みや》で*2潔斎《けっさい》する斎宮とともにいました。

対面を渋る六条御息所に、源氏は榊《さかき》（賢木）の枝を差し出し、歌を贈ります。別れの間際、教養に富んだ歌の贈答で、二人はこれまでのことを思い出し、感無量のひとときを過ごしました。

10月、病に伏していた桐壺院が重体となり、見舞いに訪れた朱雀帝に「自分亡きあとも源氏や東宮を重んじるように」と遺言します。朱雀帝の後ろ盾に、源氏につれない右大臣や弘徽殿大后（前・弘徽殿女御）がいることを知っての遺言でした。

11月初め、桐壺院は崩御し、人々は嘆き悲しみました。桐壺院が案じたとおり、右大臣方の力が増してきて、源氏たちは次第に圧迫されます。

藤壺は、源氏を東宮の後見人として頼みながらも、以前と変わらずくり返される源氏の求愛に耐えかねて出家します。不安定な政情の中で、我が子を守るための決断でもありました。

右大臣の六女、朧月夜は*3尚侍《ないしのかみ》に就任。朱雀帝の寵愛を受けつつ、源氏との関係も続いていました。

春、源氏は、体調を崩して右大臣邸に里下がりしていた朧月夜を訪ねます。弘徽殿大后もいる邸ですが、逆境でこそ夢中になる癖のある源氏は密会を重ねました。ある雷雨の夜、とうとう密会の現場を右大臣に発見され、弘徽殿大后は激怒しました。

用語解説

*1 **斎宮**　伊勢神宮に仕える未婚の皇女。
*2 **潔斎**　斎宮が伊勢に下る前に宮中で1年、野宮（仮づくりの宮）で1年禊をすること。
*3 **尚侍**　内侍司の最高位の女官。

光源氏と六条御息所の別れ

野宮《ののみや》で最後の別れを交わす光源氏と六条御息所。

黒木の鳥居　黒木の鳥居は、皮つきの丸太をくくった仮普請《かりぶしん》。平安時代の野宮は主として嵯峨野《さがの》一帯に設けられ、建物は天皇一代ごとにつくり替えた。

榊(賢木)の枝　神事で使われる。常緑であることから、ここでは揺るがない心を表す。

伊勢へ下る六条御息所との最後のとき

二人の別れの場面では、初めに光源氏が榊を差し出し語りかけ、それに答えるように六条御息所が歌を詠む。光源氏の魅力に抵抗できない女の心の弱さが伝わってくる。

さらにそのあとの歌の応酬では、六条御息所の教養や技巧の高さがうかがえる。

京都市右京区嵯峨野々宮町にある野宮神社。かつて斎宮の野宮はこのあたりに多く設けられた。

静かに暮らす姉妹（花散里）

右大臣方の圧力が強まる中、源氏は亡き桐壺院を懐かしみ、心休まる女性を求めて、ひっそりと暮らす麗景殿女御《れいけいでんのにょうご》とその妹の三《さん》の宮《みや》を訪ねようと思い立ちます。

麗景殿女御は桐壺帝の後宮《こうきゅう》*1にいた女性で、その妹の三の宮は、かつて宮中で源氏とほのかな関係があった、のちに「花散里《はなちるさと》」と呼ばれる女性です。子どもにも恵まれなかった姉妹は、桐壺院が亡くなってからは、よりいっそう気の毒な様子となり、源氏の庇護《ひご》だけを頼りに暮らしていました。

五月雨《さみだれ》（梅雨の時期の続く雨）の空が珍しく晴れた日に姉妹を訪ねることにしました。

姉妹を訪ねる途中、中川《なかがわ》*2付近の小さな家が目に留まり、源氏は訪れたことがある家だと思い出します。

懐かしい思いを込めた和歌を贈りますが、源氏と知ってのことかどうかもわからない、空とぼけたような返歌が来たので、それ以上は深追いせずに引き下がりました。

お目当ての麗景殿女御姉妹が住む邸は、ひっそりとした静かな佇《たたず》まいで、ホトトギス*3が鳴き、橘《たちばな》*4が咲いていました。

源氏は、久しぶりに会った麗景殿女御を見て、年は取っているものの、心遣いが行き届き、品があってかわいらしく見えると感じます。桐壺帝時代のことなどを懐かしく思い出しながら、和歌を詠み交わします。

桐壺院亡きあと、めまぐるしく変わる世の中で、麗景殿女御の変わらぬ様子に安堵と感動を覚えた源氏は涙を落とすのでした。

夜が更けるまで姉の麗景殿女御と語り合ったのち、源氏は妹の花散里の部屋を訪ねます。花散里とも、さらに懐かしく語り合い、一夜をともにしました。

用語解説

＊1 後宮　帝の妻たちや東宮などが住む七殿五舎の総称。または帝の妻たち。
＊2 中川　京都市上京区、鴨川と桂川の間にある川。
＊3 ホトトギス　死者の国と現世を往復する鳥とされる。
＊4 橘　常緑であることから、変わりないことを象徴する花とされる。

平安時代の天皇の皇妃の位

平安中期の天皇の正妻は皇后《こうごう》で、中宮《ちゅうぐう》とも呼ばれた。その下に女御《にょうご》、更衣《こうい》が続いた。更衣以下の位の女性も天皇の子を宿すことがあったが、だからといってその女性が中宮になることはあり得なかった。この他にも役人として宮中に仕える女官もいた。

	解　説
太皇太后《たいこうたいごう》	先々代の天皇の后。または皇后から皇太后、さらに太皇太后へとのぼった后のこと。
皇太后《こうたいごう》	前天皇の皇后、あるいは現天皇の生母。
皇　后	天皇の正妻。立后（冊立）の儀式を経て皇后となる。奈良時代に定められた大宝律令(たいほうりつりょう)では、皇后には四品以上の内親王にのみ資格があるとされた。内親王とは天皇の娘か姉妹。四品とは、親王（天皇の息子）と内親王に与えられる位のこと。しかし、のちに皇族以外からも皇后に立てられる例もでてきた。
中　宮	元々は太皇太后、皇太后、皇后の住まいを「中宮」と呼んでいたが、やがて皇后の別称となった。皇后と並立する場合は、皇后とは同格の扱い。
女　御	後宮に入り天皇の寝所に侍した皇妃の位。皇后・中宮に次ぎ、更衣の上に位した。女御になれるのは従二位以上の家柄の娘だけ。平安中期以後は皇后（中宮）に立てられる者も出た。
更　衣	天皇の皇妃の位。天皇の着替えに奉仕したことに由来する。女御の次位にあって天皇の御寝に侍し、四、五位に叙された。更衣の家柄は正三位以下。

皇后と中宮

平安時代中期、藤原道隆《ふじわらのみちたか》によって、天皇のもう一人の后として「中宮」という位が利用された。我が子を天皇の后にするために考えついた策だったといわれている。

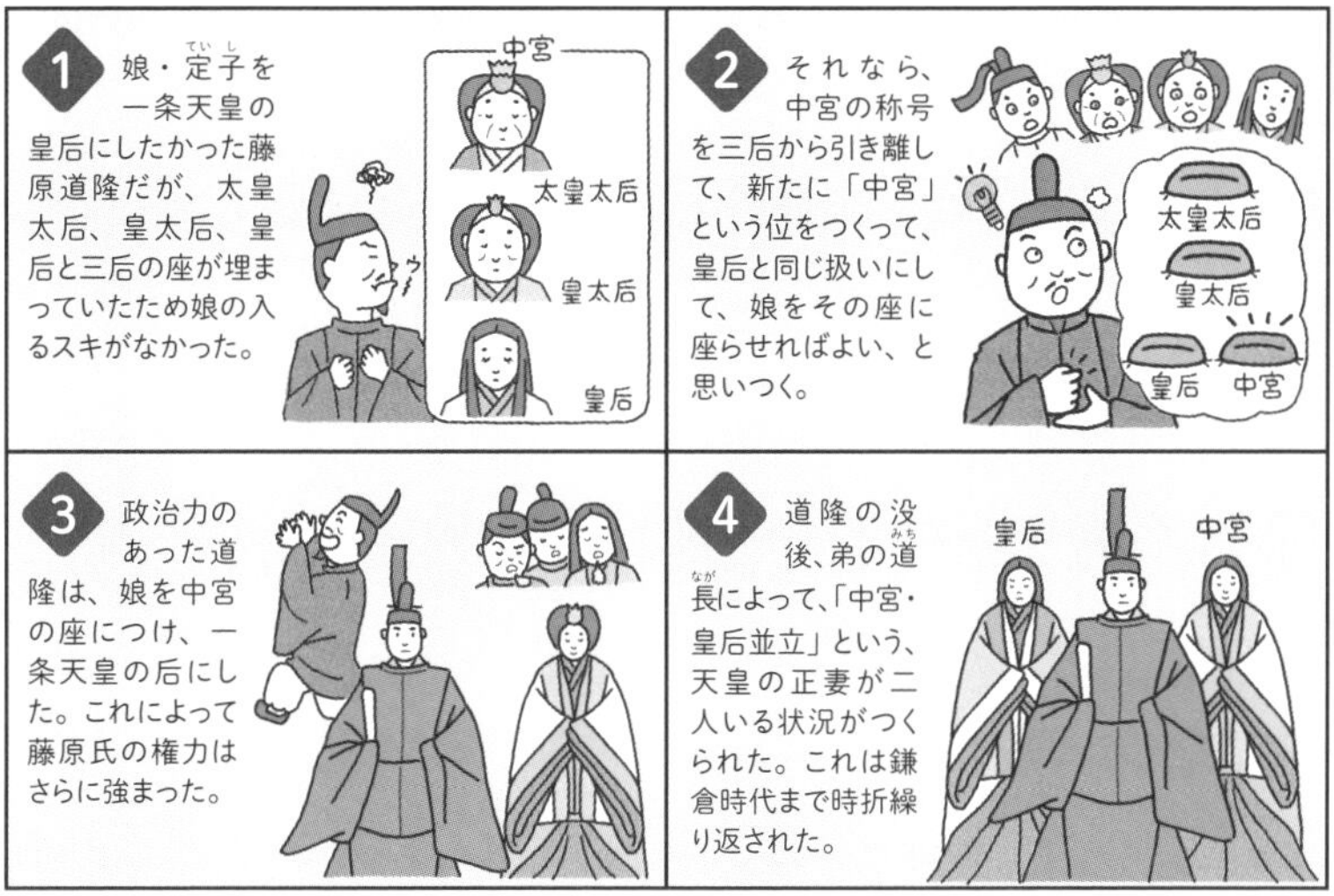
1 娘・定子《ていし》を一条天皇の皇后にしたかった藤原道隆だが、太皇太后、皇太后、皇后と三后の座が埋まっていたため娘の入るスキがなかった。
中宮
太皇太后
皇太后
皇后
ウ
2 それなら、中宮の称号を三后から引き離して、新たに「中宮」という位をつくって、皇后と同じ扱いにして、娘をその座に座らせればよい、と思いつく。
太皇太后
皇太后
皇后
中宮
3 政治力のあった道隆は、娘を中宮の座につけ、一条天皇の后にした。これによって藤原氏の権力はさらに強まった。
4 道隆の没後、弟の道《みち》長《なが》によって、「中宮・皇后並立」という、天皇の正妻が二人いる状況がつくられた。これは鎌倉時代まで時折繰り返された。
皇后
中宮

源氏、不遇の時代を過ごす

巻名
須磨《すま》・明石《あかし》

都を思う禊ぎの日々（須磨）

朧月夜との密会が見つかって右大臣一派を激怒させた源氏は、官位を剥奪《はくだつ》され、いよいよ追いつめられます。東宮を守るためにも、処分が下る前にと、自ら須磨《すま》に行くことを決意しました。

夕霧のいる左大臣邸に挨拶し、紫の上とも語り合い、花散里を訪問し、朧月夜と文を交わし、出家して入道の宮《にゅうどうのみや》＊1となった藤壺の元に参上し、それぞれに別れを惜しみます。桐壺院の墓前に参り、東宮にも手紙を送り、紫の上にあとのことを託して、3月下旬、親しい七、八人の供の者だけを連れて秘かに旅立ちました。

須磨では、うら寂しい住まいで男たちとの暮らしです。都の女性たちと手紙をやり取りするのだけが源氏の慰めでした。

8月の十五夜（左頁参照）、美しい月を見て「今日は十五夜だった」と気づいた源氏は、宮中での管絃遊びを思い出し、都に思いを馳せます。

一方、明石の入道は、源氏が須磨に下ったと聞き、高貴な相手と結婚させたいと考えていた一人娘の明石《あかし》の君《きみ》に好機がめぐってきたと考えます。

翌年の2月、宰相中将《さいしょうのちゅうじょう》（元・頭中将）が慰めに訪れます。世の中がつまらなく思えて源氏が恋しくなり、「もし人に知られて罪になってもかまわない」と覚悟のうえで訪ねてきた宰相中将を、見るなり源氏は涙をこぼしました。懐かしい話をしたりして、泣き笑いのときを過ごしたのでした。

3月、海辺で禊の儀式をはじめた源氏を激しい嵐が襲います。すっかり弱気になり、疲れ果てて床についた源氏の夢に、何者かが現れました。

用語解説
＊1 **入道の宮** 出家した親王・内親王や女院などの呼び名。

十五夜、須磨から都を思い出す

光源氏は、須磨《すま》の月を眺めながら都の生活や人々を回想した。

月
『源氏物語』の中で、月は皇統の象徴であり、とりわけ光源氏にとっては桐壺院の象徴であった。
光源氏
惟光
良清《よしきよ》

須磨での生活に女性はなく、従者は数人の男たちのみ。

月を見て都を思う

須磨は、大阪湾に臨み、向かいには淡路島を有す土地。都からはさほど遠くない場所だったが、人も少なく、その様子を光源氏は「身に染みるばかりに寂しい山の中」と評している。

須磨のわび住まいでは、風の音を聞き、歌を詠み、琴を奏でるといった日々を送る。月を見て故郷を憶《おも》うのは中唐《ちゅうとう》の詩人、白居易《はくきょい》などに見られる発想である。

在原行平ゆかりの地

須磨といえば、『源氏物語』の主人公・光源氏のモデルの一人とされる在原行平《ありわらのゆきひら》が不遇のときを過ごしたと『古今集《こきんしゅう》』（905年）には記されるが、詳細は不明である。

行平が須磨で月見をしたというのは、光源氏の物語と混同した後代の伝承だろう。

明石の君と結ばれる（明石）

暴風雨は続き、源氏の怪しい夢も続きました。

源氏は紫の上が差し向けた使者から、都も荒れ狂う天候に襲われていると聞きます。やがて源氏の邸に落雷し、一部が焼けてしまいました。ますます弱気になって、渚で死んでしまおうかと考える源氏のもとに、桐壺院の霊が現れて、諭《さと》し励まし、須磨を去るようにと告げました。

同じころ、明石の入道にも「舟を用意して出すように」とのお告げがあります。源氏は、桐壺院の霊の教えもあったので明石の入道の迎えに応じ、親しい四、五人だけを連れて明石へ向かいます。

思いのほか風流な入道の邸で、入道は源氏に琴を勧め、自分は琵琶《びわ》を弾きながら娘の話をしました。しかし、源氏が文を送っても、明石の君は返事をしません。源氏は気位が高い女性だと思いますが、明石の君は「身分の違いから、いずれは疎《うと》まれるだろう」と警戒していたのです。

一方、都では雷雨の夜、朱雀帝の枕元に桐壺院の霊が立ち、帝をにらみながら多くのことを告げました。

霊ににらまれたせいか、帝は眼病を患い、ひどく苦しみます。大后《おおきさき》からは「軽々しく驚かないように」と言われながらも、帝は桐壺院の遺言に背いて源氏を冷遇している祟《たた》りと受け止めます。

結局、明石の君は源氏を受け入れ、8月12、13日の月夜に二人は結ばれました。しかし、懸念した通り、源氏の心は紫の上にあり、明石の君は苦悩します。

右大臣の娘、承香殿女御《しょうきょうでんのにょうご》の2歳の皇子を東宮にと考えた朱雀帝は、源氏に朝廷の後見役を頼もうと、源氏を赦免《しゃめん》して都に戻すことにしました。

身ごもった明石の君を、いずれ都に呼ぶことを決めたうえで、源氏は入道一家に別れを告げました。都に戻ると、人々は大喜びし、源氏は権大納言《ごんのだいなごん》*1に昇進しました。

用語解説

＊1 権大納言　定員外の大納言。権は「仮」の意味。

平安貴族の官職と位階

701年に大宝律令が定められたあとの政治は、天皇から位を与えられた貴族を中心に行われた。「官職」とは貴族の職務や地位のことで、中央には二官八省が置かれた。「位階」とは位を表すもので、正一位から従八位下、大初位上～少初位下とあった。天皇が暮らす清涼殿《せいりょうでん》に上がれるのは、三位以上と四位の参議《さんぎ》である「公卿（上達部《かんだちめ》）」と、四位五位で昇殿を許された「殿上人《てんじょうびと》」だけだった。それ以下の者は昇殿を許されず「地下《じげ》」と呼ばれた。

官職位階（平安中期以降）

官名／位階		二官		八省	
		神祇官	太政官	中務省	式部省・治部省・民部省・兵部省・刑部省・大蔵省・宮内省
正一位			太政大臣		
従一位					
正二位			左大臣 右大臣 内大臣		
従二位					
正三位			大納言		
従三位			中納言		
正四位	上			卿	
	下		参議		卿
従四位	上		左右大弁		
	下	伯			
正五位	上		左右中弁	大輔	
	下		左右少弁		大輔 大判事
従五位	上			少輔	
	下	大副	少納言	侍従 大監物	少輔
正六位	上	少副	大外記 左右大史	大内記	
	下			大丞	大丞 中判事
従六位	上	大祐		少丞 中監物	少丞
	下	少祐			少判事

太政大臣《だいじょうだいじん》

左大臣《さだいじん》

右大臣《うだいじん》

太政官の長官である太政大臣は名誉職で、適任がいなければ空席だった。実務を担ったのが左大臣で実質の長官。左大臣の下にいたのが右大臣。

二官八省とは

律令制の官庁組織。

二官

神祇官《じんぎかん》　朝廷および全国の祭祀を担当

太政官
- 太政大臣・左大臣・右大臣・内大臣 ― 大納言 ― 中納言 ― 参議
- 少納言
- 左弁官《さべんかん》
- 右弁官《うべんかん》

八省

- 中務省《なかつかさしょう》　詔勅《しょうちょく》・上奏《じょうそう》など天皇側近で政務を担当
- 式部省　文官の人事、教育などを担当
- 治部省《じぶしょう》　外交・雅楽・葬儀などを担当
- 民部省　地方行政・財政を担当
- 兵部省　軍事を担当
- 刑部省《ぎょうぶしょう》　裁判、処罰を担当
- 大蔵省　租税や貢献物の管理出納を担当
- 宮内省　宮中の庶務を担当

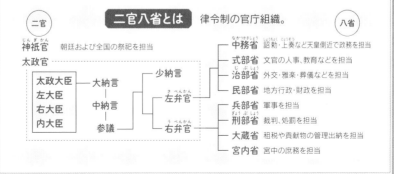

帰京後の出会いと別れ

巻名
澪標《みおつくし》・蓬生《よもぎう》・関屋《せきや》

源氏の子が即位（澪標）

源氏が都に戻った翌年2月に、朱雀帝は譲位し、冷泉帝《れいぜいてい》（源氏と藤壺の子）が即位。源氏は＊1内大臣《ないだいじん》となります。3月、明石の君が女児（明石《あかし》の姫君《ひめぎみ》）を出産し、紫の上は心をざわつかせます。

秋、源氏は帰京できたお礼参りとして住吉神社《すみよしじんじゃ》に詣でます（左頁参照）。

偶然、明石の君一行も来ましたが、源氏一行の華やかさに気押された明石の君は、手紙で和歌を交わしただけで去ります。

六条御息所は娘である前斎宮《さきのさいぐう》とともに帰京したのち、病気を患って出家しました。娘を託された源氏は、前斎宮を養女にし、冷泉帝に入内させようと考えます。

末摘花を再び庇護（蓬生）

源氏が帰京した翌年の4月、源氏は末摘花の邸の前を通り、荒れ果てた様に茫然とします。末摘花と再会し、自分を待ち続けていた真心に心打たれ、再び生活を援助します。2年後、末摘花は二条院の東院に移ることになりました。

空蝉との偶然の再会（関屋）

夫の常陸介《ひたちのすけ》（前・伊予介）とともに東国へ下っていた空蝉は、任期が切れた夫とともに帰京する途中、石山寺《いしやまでら》を詣でる源氏と偶然出会い、その後、二人は文を交わします。やがて夫が他界し、義理の息子から言い寄られた空蝉は密かに出家します。

用語解説

＊1 **内大臣**　左大臣・右大臣に次ぐ官職。定員外。

住吉詣をする光源氏一行

都へ戻り勢いを取り戻した光源氏は、そのお礼参りに住吉神社《すみよしじんじゃ》へ向かう。

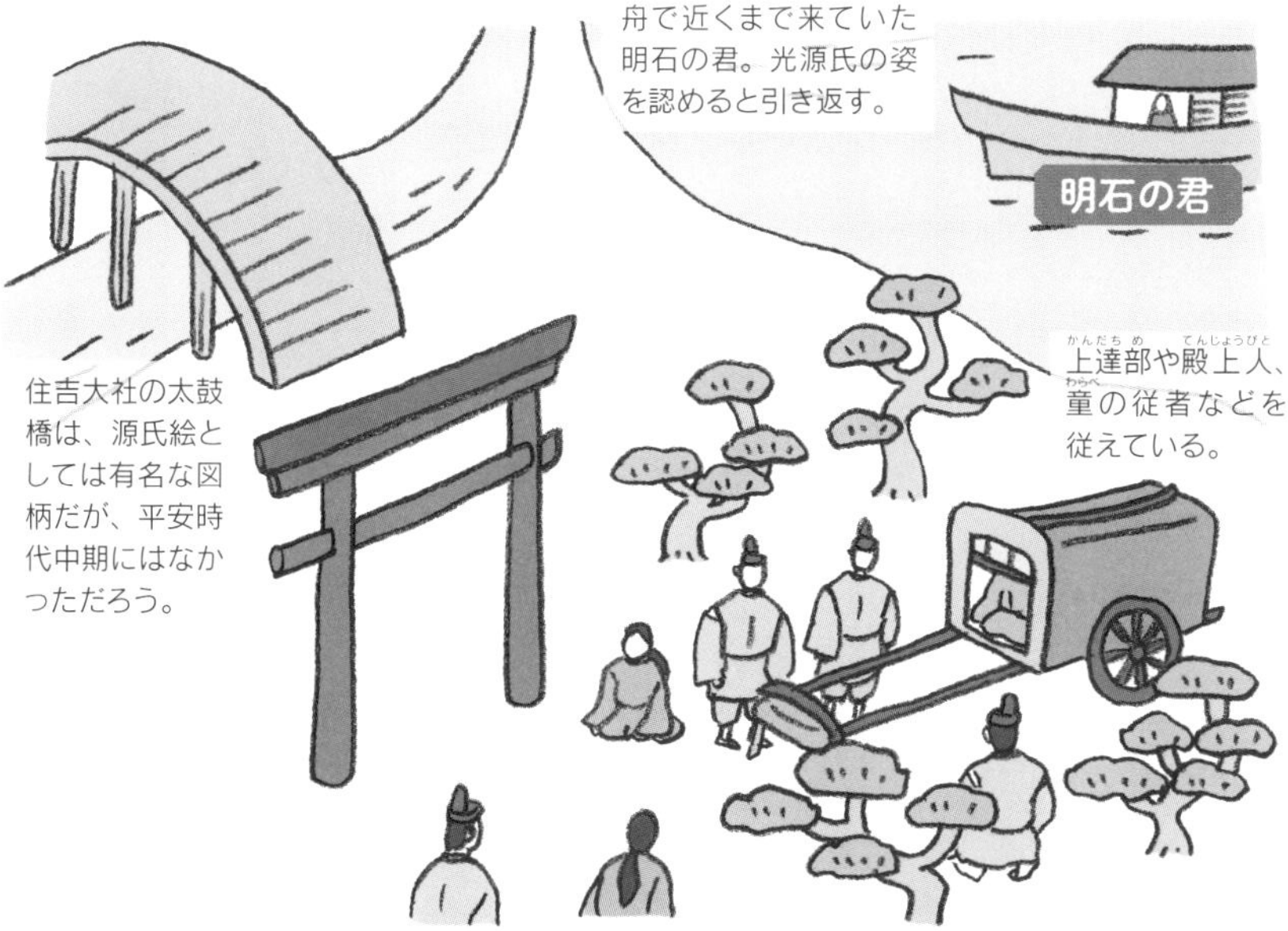
舟で近くまで来ていた明石の君。光源氏の姿を認めると引き返す。
明石の君
上達部《かんだちめ》や殿上人《てんじょうびと》、童《わらべ》の従者などを従えている。
住吉大社の太鼓橋は、源氏絵としては有名な図柄だが、平安時代中期にはなかっただろう。

『源氏物語』と住吉信仰

『源氏物語』でたびたび登場する住吉大社（神社）。海の守護神や和歌・農耕の神として、皇族や貴族に信仰された。

明石の入道が熱心に信仰しており、その娘である明石の君も年に2回参詣していた。一族の繁栄を願っていたのである。

光源氏は、須磨で暴風雨にあったときに大願を立て、住吉の神の導きにより須磨を去り、明石に居を移し、都へ戻ってからはお礼参りに住吉を訪れる。やがて、明石中宮《あかしのちゅうぐう》が産んだ第一皇子は東宮《とうぐう》となるが、その際にも、光源氏たちは住吉大社を参詣する。

住吉神社の総本社で、現在の大阪市住吉区に位置する住吉大社。

源氏の絵日記に人々は感涙

巻名
絵合《えあわせ》

斎宮女御が寵愛を受ける

源氏は藤壺と相談して、六条御息所から託された前斎宮を冷泉帝の後宮に入れます。入内した前斎宮は*1斎宮女御《さいぐうのにょうご》と呼ばれるようになりました。それに先立ち、権中納言《ごんのちゅうなごん》（元・頭中将）の娘が入内して弘徽殿女御となっており、冷泉帝の寵愛は、年齢が近い弘徽殿女御に注がれていました。

冷泉帝は、年上の斎宮女御に、最初は気詰まりな印象を抱き、親しんだ弘徽殿女御のもとへ多く通いますが、次第に形勢が逆転しはじめます。

そのきっかけは絵でした。帝はたいへん絵が好きで、描くのも上手でした。斎宮女御も絵画に造詣が深く、描くのも上手だったので、帝は一緒に絵を描きながら惹かれていったのです。

権中納言は「負けるわけにはいかない」と、優れた絵師に趣向をこらした絵を描かせて献上します。源氏は紫の上とともに秘蔵の絵を選んで整えて対抗しました。

絵による競い合いが続き、藤壺の御前で絵合《えあわせ》が行われますが、決着はつきません。そこで3月、帝の御前で再び絵合が行われました（左頁参照）。両者譲りませんでしたが、最後に源氏作の須磨の絵日記が出されると、そのすばらしさと同情を禁じ得ない内容が人々の感涙を誘い、斎宮女御方が勝利を収めました。

自らの栄華を実感した源氏は「昔の例でも、若くして上り詰めた者は長生きしない。いずれは引きこもって命を永らえたい」と思い、嵯峨野に御《み》堂《どう》をつくらせ出家を考えはじめますが、子どもたちの行く末を見届けたいとも思うのでした。

用語解説

＊1 **斎宮女御**　住まいの名称から梅壺、または梅壺（うめつぼ）の御方（おんかた）とも呼ばれた。

冷泉帝の御前で絵合を行う

絵を好む冷泉帝《れいぜいてい》の寵愛を得るために、斎宮女御《さいぐうのにょうご》と弘徽殿女御が絵の優劣を競う。

絵合《えあわせ》
960年の「天徳内裏歌合《てんとくだいりうたあわせ》」をモデルにしているともいわれる。物合、歌合などは実際に行われていたが、『源氏物語』以前には絵合の記録はなく、『源氏物語』の創作によって後代に催されるようになった可能性がある。

六条御息所の娘で光源氏の養女である斎宮女御側につく。
冷泉帝
光源氏

政治闘争代わりの絵合の勝敗

絵合で登場する絵巻は、『伊勢物語《いせものがたり》』『竹取物語《たけとりものがたり》』『うつほ物語』など、当時の実在の物語が取り入れられている。絵の作者も当代の名匠とされる絵師・書家の名を出し、現実と虚構をうまく交えながら展開していく。

名匠に勝る光源氏

数々の物語絵が出されたが、最後に光源氏が出した須磨での絵日記が決め手となり、光源氏側が勝利した。

この勝利によって、斎宮女御は冷泉帝の後宮で優位になる。光源氏はおのれの栄達をますます実感することとなる。

歌物語『伊勢物語』の絵巻。（『伊勢物語絵巻』／京都国立博物館）

明石の君と再会し姫君を引き取る

巻名
松風《まつかぜ》・薄雲《うすぐも》

姫君と対面して感動（松風）

かねてより造営していた二条東院《にじょうひがしのいん》[*1]が完成し、源氏は東の対には明石の君母娘を迎えたいと考えました。しかし、明石の君は身分の違いを思い、惨めな思いをするのではと恐れます。娘のことを思うと、いまの暮らしも不憫に思え、源氏に返事ができないのでした。

そこで、明石の入道は、娘たちのために、大《おお》堰川《いがわ》[*2]のほとりに家を用意しました。入道の妻の明石の尼君は、涙ながらに入道と別れ、娘である明石の君、孫である明石の姫君とともに、その家に移り住みました。

源氏は、紫の上の手前、なかなか会いに行けません。明石の君は、明石での別れのときに源氏が置いていった琴の琴を弾いて寂しさを紛らわせます。

やがて、嵯峨野に造営中の御堂を見に行くという口実で、源氏は明石の君を訪ねます。そのとき、我が子である明石の姫君に初めて対面して、愛くるしさに感動します。

久しぶりに明石の君と琴の琴を弾き、歌を詠み交わしながら、源氏は、明石の姫君の将来のためには、自分が養育するのがよいと考えますが、明石の君の心中を思い言葉には出しません。

二条院に戻った源氏は、紫の上に明石の姫君を迎え入れたいと相談します。紫の上のもとで、3歳の明石の姫君に袴《はかま》着《ぎ》[*3]の儀式を行わせたいと機嫌を取り、姫君の養育を依頼します。明石の君への嫉妬の感情を抱きつつも、子ども好きな紫の上は、素直に喜んで養育を承知しました。

用語解説

＊1 **二条東院** 源氏が父、桐壺院から譲り受けた建物を修築。寝殿と西・東・北の対（棟）に分かれていた。

＊2 **大堰川** 京都の桂川のうち、現在の京都市右京区嵐山付近。

＊3 **袴着の儀式** 幼児が初めて袴を着ける儀式。

平安貴族の収入

平安時代の貴族の収入は、例えば公卿のトップである左大臣は、官職に対して、広さ30町（約300,000㎡）の田地と2000戸相当の村が職田《しきでん》、職封《しきふ》として与えられた。その他にも位階に応じて与えられる位田《いでん》や位封《いほう》などもあり、現在の金額に換算すると数億円にも及ぶといわれている。ここでは貴族が莫大な収入を得られるようになったしくみを解説しよう。

公地公民《こうちこうみん》の制度

**土地と農民はすべて
朝廷のものと定められていた**

「荘園」ができるまで、土地も農民もすべて朝廷のものであり、農民には口分田《くぶんでん》を貸し与え、租・庸《よう》・調《ちょう》の税を徴収していた。また貴族へも土地や村（郷）を官職や位階に応じて与えていた。公地公民は理念的なもので、現実は異なっていたとも。

班田収授法《はんでんしゅうじゅのほう》

**口分田は一代限りで朝廷に
返さなければならないという法**

農民への税の取り立てはとても厳しく、さらに男子は兵にとられるうえ、せっかく耕した土地も一代限りとあり、徐々に口分田から農民が離れていった。これによって朝廷の税収は減少してしまう。

墾田永年私財法《こんでんえいねんしざいのほう》

**開墾《かいこん》した土地は永久にその者の
ものになるという法**

困った朝廷は、墾田永年私財法を発令した。貴族や寺院・神社は農民などを呼び戻し、どんどん土地を開拓し、自分の土地を広げていった。これが「荘園」である。

「不輸《ふゆ》の権」を貴族にも適用

**大きな寺院や神社に与えられていた
税金免除の権利を貴族にも適用**

平安中期は、権力をもつ藤原氏などの貴族は、節税のため、「不輸の権」を貴族にも適用。また、地方豪族は自分の土地を名目上、貴族に献上し、自分は荘園を管理する荘官となり税を免れた。こうして、貴族の収入は莫大なものになっていった。

帝が出生の秘密を知る（薄雲）

冬、明石の君が姫君と住む大堰《おおい》の邸は、寂しさが増しました。源氏は、自分の近くに来るよう促しますが、やはり明石の君は決心できません。そこで源氏は、せめて姫君を引き取りたいと切り出しました。動揺しながら聞く明石の君に、紫の上がいかに子ども好きで気立てがよいかを語り、「安心して預けて欲しい」と訴えます。

なおも思い悩む明石の君でしたが、母である尼君の助言もあって、娘のために、紫の上に養育を任せる決心をします。頼りにしていた乳母にも、姫君につき添ってもらうために別れを告げました。

二条院に引き取られた明石の姫君は、最初は母がいないことに気づいてぐずったものの、乳母があやすと落ち着きました。次第に紫の上にもなつき、立派に袴着の儀式もすませました。その愛くるしさに、紫の上の嫉妬心もやわらぎ、源氏は大堰の邸を訪ねたり、文を交わしたりして、姫君の様子を知らせました。

年が改まって春になると、天変地異が相次ぎ、太政大臣（葵の上の父で源氏の舅）、そして源氏の最愛の女性である藤壺（藤壺入道）が相次いで亡くなります。源氏は悲しみに打ちひしがれました。

藤壺の四十九日の法要がすんだころ、冷泉帝は、藤壺が信頼していた高僧夜居《よい》の僧都《そうず》から、自分の出生の秘密を明かされます（左頁参照）。驚き動揺する帝は、天変地異も父を臣下にしている親不孝の罪によるものと考え、源氏に譲位しようとしますが、源氏は固辞します。その様子から、冷泉帝が出生の秘密を知ったと悟った源氏は怪訝《けげん》に思い、王命婦《おうのみょうぶ》に問いただすのでした。

秋、斎宮女御が里下がりした折り、源氏が春秋の優劣[*1]を問うと、斎宮女御は「母の記憶にちなんで秋を好む[*2]」と恋歌を用いて答えたので、源氏は恋心を訴えます。しかし女御に厭《いと》われて、もう若くないのだからと反省するのでした。

用語解説

＊1 **春秋の優劣**　古来、「春秋優劣論」と呼ばれ、『万葉集』『更級日記（さらしなにっき）』などに見える。

＊2 **秋を好む**　この答えから、斎宮女御はのちに秋好中宮（あきこのむちゅうぐう）と呼ばれるようになる。

冷泉帝に明かされる出生の秘密

冷泉帝は、老僧から光源氏が実父であったことを告げられる。

天変地異 古代中国では、天変地異は政治への天からの戒めだとされた。

夜居《よい》の僧都《そうず》 帝の祈祷僧。朝廷から受ける僧侶の官職には、僧正《そうじょう》、僧都、律師《りっし》がある。

光源氏の立場を強固にした仏天の告げ

僧都に「あなた（冷泉帝）が本当のことを知らないまま帝位に就いているばかりに仏天の告げ（天変地異）が起こっている」と言われて真実を告げられた冷泉帝。しかし、自身の出生の秘密を知っても光源氏を恨むことなく、むしろこれまで臣下として扱ってきたことを悔やみ、帝位を譲ろうとする。

光源氏最大の秘事を共有した二人の絆はより確かなものとなり、ここから光源氏は朝廷での立場をいっそう強めていくこととなる。

『源氏物語』に登場する僧

『源氏物語』には幾人もの僧が登場する。臨終や病、物の怪を退治する際に登場する他、秘め事などを伝える役を演じることもある。

僧名	巻名
阿闍梨	●夕顔
北山の僧都	●若紫 ●紅葉賀 ●須磨 ●若菜下
北山の聖	●若紫
雲林院の律師	●賢木
醍醐の阿闍梨	●蓬生 ●初音
明石の入道	●若紫 ●須磨 ●明石 ●澪標 ●松風 ●薄雲 ●少女 ●若菜上・下
夜居の僧都	●薄雲
小野の律師	●夕霧
宇治の阿闍梨	●橋姫 ●椎本 ●総角 ●早蕨 ●宿木 ●蜻蛉 ●手習
横川の僧都①	●賢木
横川の僧都②	●手習 ●夢浮橋

源氏を拒否し続けた女性

巻名 朝顔《あさがお》

恨みを抱えた藤壺が夢枕に

桐壺院の弟である式部卿宮《しきぶきょうのみや》が亡くなり、その娘の朝顔《あさがお》は、喪に服すために斎院[*1]《さいいん》を退きました。昔から朝顔に求愛していた源氏は、弔問の文を何度も送りますが、朝顔は応じません。

9月、朝顔が式部卿宮の旧邸である桃園《ももぞの》の宮《みや》に移ると、源氏は、そこに住む源氏と朝顔の叔母、女五《おんなご》の宮《みや》の見舞いを口実に訪ねていきます。女五の宮は口数の多いタイプで、源氏の美しさを面と向かって褒めちぎり、帝が源氏に似ていると噂されているが、源氏のほうが上のはずと、饒舌に語ります。

やがて、源氏が前斎院に頻繁に文を送り、女五の宮も喜んでいるという噂が立ち、紫の上は心配します。

もう若くないと自覚する朝顔は、つれなさを演じ続けるばかりで、結局、源氏は相手にされないまま、紫の上のもとに帰りました。

雪が降り積もった庭で童女を遊ばせ、そのかわいい様子を見ながら、源氏は紫の上に、昔、藤壺の御前で雪山をつくって興じたときの思い出を語ります（左頁参照）。次いで、藤壺、朝顔、朧月夜、明石の君と、関わった女性たちについての評を語ると、紫の上は内心の葛藤を抑えて自然に応じます。その顔立ちは藤壺に似ていて、源氏も浮気心を捨てるのでした。

その夜、源氏の夢に藤壺が現れ、秘密を漏らしたことを強く恨んで「恥ずかしく、苦しくつらい」と訴えました。源氏は涙を流し、成仏していない藤壺を思って、秘かに菩提を弔《とむら》いました。

用語解説

＊1 斎院　上賀茂神社・下鴨神社に奉仕する皇女。桐壺院の崩御に伴って退いた前斎院のあとに朝顔が立ったことが賢木の巻に記されている。

光源氏は紫の上とともに雪を眺め物思いにふける

女童たちが雪を転がして興ずる姿を眺めながら、紫の上に語る光源氏。

雪遊び
貴族は庭に下りず、女の童や侍女たちなどが雪玉をつくる様子を見て楽しんだ。
夫婦仲の睦まじさの象徴。また、水鳥の「うき寝」は、夫婦でない男女の一時の共寝を連想させることもある。
オシドリ
光源氏
紫の上

清少納言『枕草子』を彷彿とさせる雪遊びの場面

紫式部と対比して語られることの多い清少納言が書いたのが、著名な『枕草子』。『枕草子』は『源氏物語』より数年前に書かれており、ここでは、『枕草子』が現存しない箇所で批判したという「冬の夜の月」を賞賛するなど、紫式部が『枕草子』を意識したとも思われるエピソードが重なる。

枕草子 自らが仕える定子《ていし》（一条天皇《いちじょうてんのう》の皇后）に「香《こう》炉峰《ろほう》の雪は？」と聞かれた清少納言は、御簾《みす》を上げ雪を見せる。

源氏物語 御簾を巻き上げさせて降り積もった雪を眺める。

枕草子 定子の御前で雪山をつくらせる。

源氏物語 女童《おんなわらべ》たちに雪を転がす遊びをさせる。

清少納言図（土佐光起／東京国立博物館）。中宮定子の「香炉峰の雪はいかならん」という問いに清少納言が御簾を上げてこたえている。

引き裂かれた夕霧と雲居雁

巻名　少女《おとめ》

大学に入り発奮して勉強

葵の上亡きあと、祖母の大宮《おおみや》に育てられていた夕霧は元服《げんぷく》しました。

大臣の息子なので、四位にもなれましたが、源氏は大学[*1]に入学させ、六位という下級の官位からはじめさせました。不満を抱く大宮と夕霧に、源氏は「自分は宮中育ちで勉学の機会がなかった。夕霧にはその機会をつくるためにこうした」と話します。発奮した夕霧は勉学に励み、擬文章生《ぎもんじょうしょう》[*2]となりました。

そのころ、源氏の養女である斎宮女御が、絵合に勝利した流れで、弘徽殿女御を超えて中宮（秋《あき》好中宮《このむちゅうぐう》）になりました。源氏は太政大臣に、大納《だいな》言《ごん》兼右大将《うだいしょう》（元・頭中将）は内大臣に昇進します。

内大臣は、外腹の娘である雲居雁《くもいのかり》の東宮入内を願いますが、雲居雁は大宮のもとで一緒に育った夕霧と相思相愛になっていました。

それを知った内大臣は激怒し、雲居雁を自邸に連れ戻そうとします。

引き裂かれながらも、夕霧と雲居雁は大宮の手助けで短い逢瀬を果たします。

その一方、夕霧は、新嘗祭《にいなめさい》[*3]の五節《ごせち》の舞姫《まいひめ》となった惟光の娘を見て心惹かれ、文を送りました。

源氏は夕霧の母親代わりを花散里に依頼します。容姿は劣るものの、気立てのよい花散里に、夕霧は心を許します。夕霧は国家の役人である官吏《かんり》の登用試験に合格し、秋には侍従《じじゅう》[*4]に昇進しました。

源氏は、かねての計画通り、六条京極《きょうごく》付近に広大な六条院《ろくじょういん》を完成させました（左頁参照）。

用語解説

＊1 大学　通常、上流貴族の子弟は大学で学ぶ必要もなく相応の官職に就けた。

＊2 擬文章生　大学寮で詩文や歴史を学び、寮試に及第した者。

＊3 新嘗祭　天皇が新しく採れた作物を神に供える儀式。このとき、舞いに奉仕する未婚の女性を五節の舞姫という。

＊4 侍従　中務省に属し、天皇に仕えた職。官位としては従五位下に相当。

六条院を完成させる

光源氏は、関係した女性たちを住まわせる広大な邸「六条院」をつくった。

六条院

六条院は約1年の歳月を費やして完成した。その敷地は約252m四方、総面積63,500㎡。

光源氏のモデルの一人、嵯峨天皇《さがてんのう》の皇子・源融《みなもとのとおる》がつくった河原院を模したとされる。

栄華は六条院に極まれり

六条院は春夏秋冬を配した四つの町からなり、四季折々の催しが営まれた。その雅な世界は光源氏の莫大な財力と権力あってこそのものといえる。

入居順 3 **冬の町** 明石の君 松の木が多くあり雪景色を楽しめる仕様。多くの倉がある。	入居順 1 **夏の町** 花散里 卯の花を生垣にして菖蒲《しょうぶ》を茂らせた。のちに、夕霧と玉《たま》鬘《かずら》も住まうようになる。
入居順 2 **秋の町** 秋好中宮 秋好中宮《あきこのむちゅうぐう》の母・六条御息所の旧邸。紅葉などの秋の草木が植えられた。	入居順 1 **春の町** 紫の上・光源氏 紅梅や桜、藤、山吹などの春の草木が植えられた。光源氏と紫の上、やがて女三の宮も加わって、二人の妻が住まうようになる。

移り住む順には女性たちの序列が反映される。

夕顔の娘、玉鬘が上京

巻名
玉鬘《たまかずら》・初音《はつね》・胡蝶《こちょう》

源氏が親代わりに（玉鬘）

源氏は、かつて自分が誘った廃院で急逝した夕顔のことを、月日のたったいまでも忘れられずにいました。夕顔に仕えていた右近《うこん》は、その後、紫の上の侍女となっていました。

夕顔と内大臣（元・頭中将）の間に生まれた娘（玉鬘《たまかずら》）は、乳母の一家とともに筑紫《つくし》で暮らしていました。美しく成長した玉鬘に、その地の豪族が強引に求婚してきます。困り果てた乳母は、玉鬘を守るため、都に行くことを決意します。

都で心細い生活を続ける玉鬘一行は、仏に救いを求めて長谷《はせ》[*1]に詣でました。すると偶然、長谷に詣でていた右近と奇跡の再会を果たします。両者は涙を流しながら再会を喜びました。同時に、夕顔の消息を知らなかった乳母たちは、その死を右近から聞いて泣き崩れます。右近は源氏が「亡き母に代わって世話をしたい」と、当時から言っていたと伝えます。

右近から事情を聞いた源氏は、紫の上に夕顔との一件を告白します。しかし他の人には自分の娘と見せかけて、父である内大臣には内密のまま、六条院に玉鬘を引き取り、花散里に託しました。

田舎育ちでも、美しく聡明な玉鬘に、源氏は養父以上の感情を抱きますが、同時に、六条院を訪れる男たちに玉鬘を見せびらかしたいとも思い、その様子を見てみようと考えるのでした。

六条院の新春（初音）

新春を迎え、雲一つない空の下、六条院の女性

用語解説

＊1 長谷　大和国城上郡（現在の奈良県桜井市初瀬）にある長谷寺。観音信仰で名高く、広い現世利益が得られるとして人気があった。

※玉鬘から真木柱の巻までの10巻を「玉鬘十帖」と呼ぶ。

六条院での正月

六条院《ろくじょういん》で迎える初めての正月、男踏歌《おとことうか》がやってくる。

男踏歌

豊年・繁栄を願って、正月十四日に行われた。四位以下の貴族が、祝詞《のりと》や催馬楽《さいばら》を歌い、足拍子を踏んで、集団で舞を舞い清涼殿《せいりょうでん》から諸家を巡回する。中国では唐代から行われており、『日本書紀』には持統《じとう》天皇《てんのう》のころに渡来人によって奏されていたと記されている。

宮中の正月の行事

正月の六条院は、上達部や親王《しんのう》、玉鬘目当ての男性たちでにぎわいを見せ、光源氏の隆盛を物語る。

正月は、平安時代の人々にとっても重要な節目だった。平安貴族の正月は儀式が目白押しで休むどころではなかった。ここでは元日三日までの主な行事を紹介する。

元旦	元旦	元旦	元旦～三日	二日	二日
四方拝《しほうはい》	朝賀《ちょうが》	元日節会《がんじつのせちえ》	歯固《はがため》	二宮大饗《にぐうだいきょう》	朝観行幸《ちょうきんぎょうこう》
正月の初めの宮廷行事。寅の刻（午前4時頃）に天皇が清涼殿の東庭に出御し、属星（現在でいう干支のようなもの）を拝し、天地四方・山稜を拝する。現在も皇居で行われている儀。	辰の刻（午前8時ごろ）に天皇が大極殿に出御し、群臣から新年を祝される盛大な儀。	朝賀の後、昼過ぎから紫宸殿で行われる。群臣から天皇へ魚や暦などが贈られる儀。	天皇の長寿を願い、鏡餅・大根・瓜・猪肉などの食物を献上する儀式。鏡餅を神前に供えるようになった由来といわれている。	親王・公卿以下の者たちが、後宮と春宮に拝賀して行われる宴会。元日の節会に続くもの。	天皇が太上天皇（前の天皇）・皇太后の宮のもとに行幸し、年始のあいさつをする儀式。

たちが住む町々は、それぞれ美しく飾られ、言い表しようもないほど華やいでいました。

暮れに源氏は、六条院に住む女性たち、一人ひとりに衣裳を誂《あつら》えていました。それをまとった姿を見ることを兼ねて、紫の上と新年の挨拶をしたのち、女性たちのもとへ年賀に訪れました。

夕方、冬の町の明石の君のもとへ行くと、香を焚き、和歌を書いていました。その慎み深さや優美さに心惹かれ、その夜、源氏は明石の君と一夜を過ごしました。朝帰りした源氏は、紫の上にあれこれと言い訳をするのでした。翌日は多くの人々が新年の挨拶に訪れ、男たちは、早くも美しいと評判の立った玉鬘を意識して、めかしこんでいました。やがて*1男踏歌《おとことうか》が催され、六条院にも来たので、女性たちも見物しました（55ページ参照）。

養父でありながら恋情をもつ（胡蝶）

3月下旬、源氏は船楽《ふながく》を催し、*2雅楽寮《うたづかさ》の人々を呼んで管絃の宴を開きました。

玉鬘はますます洗練され、源氏の企みどおりに評判となり、多くの文が届けられます。源氏の弟である*3兵部卿宮《ひょうぶきょうのみや》は、正妻が亡くなって3年ほどたつので、玉鬘への求愛の気持ちも強いようです。「右大将」（通称「鬚黒《ひげくろ》の大将《だいしょう》」）も文を送ってきました。実の姉とは知らない内大臣の息子、柏木《かしわぎ》も思いを寄せています。

源氏は求婚の手紙に眼を通して、その対応を玉鬘に指示します（左頁参照）。そのように親代わりとして接しながら、自分自身も玉鬘に惹かれていくのでした。紫の上は、玉鬘への源氏の気持ちに気づきはじめ、玉鬘も、源氏の思いを感じはじめて困惑します。

雨の夜、源氏が恋情を訴えると、玉鬘は我が身のつらさに涙します。苦悩する玉鬘を見て、源氏もその夜は自制し、自邸に帰りました。その一方で、玉鬘に求婚する男たちは、引きも切らずに寄ってくるのでした。

用語解説

＊1 男踏歌 983年に中止になり、源氏物語の成立期には催されていない。
＊2 雅楽寮 宮廷の音楽・舞踊などをつかさどる役所。
＊3 兵部卿宮 藤壺の兄の兵部卿宮とは別人。区別するために、蛍の巻のエピソードから「蛍兵部卿宮」「蛍の宮」とも呼ぶ。

玉鬘への文を光源氏が検分する

光源氏は求婚者たちからの恋文を確認し、
返事のしかたまで指示する。

恋文に用いられる書状の形。正式な文書や事務的な文書は「立《た》て文《ふみ》」を用いる。

柏木《かしわぎ》の文は、唐製の薄い藍色の紙を用い、香を焚きしめたものでいかにも恋文といった風情。

光源氏の目に留まった柏木の文

当時、求婚の手紙は男性から女性の家に送り、母親や乳母たちが内容を見て、当初侍女《じじょ》が返事をするのが通例だった。筆跡、和歌の内容、紙や香の選びかたから相手の男性を評するのだ。この場面で、唯一内容を紹介されているのが柏木の文である。

原文
思ふとも　君は知らじな　わきかへり
岩《いは》漏《も》る水に　色し見えねば

訳
私が思っているともあなたは知らないのだろう。湧き返って岩から漏れ出る水に色がないように（私の思いも目には見えないから）

ポイント
柏木の文は「紙や香にも優れていて、和歌の内容も思いがあふれ出ており、筆跡は現代風で洒落ている」と評される。この場面で和歌が紹介されるのは柏木のみだが、光源氏が柏木の筆跡を目にしたことで、のちの柏木の密通が暴かれることとなる。

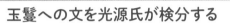

男性貴族の装束

朝廷に出仕するときなど晴れの場で着る「晴装束《はれしょうぞく》」には、束帯《そくたい》（昼装束《ひのしょうぞく》）など、日常に着る「褻装束《けしょうぞく》」には、直衣《のうし》などがあった。

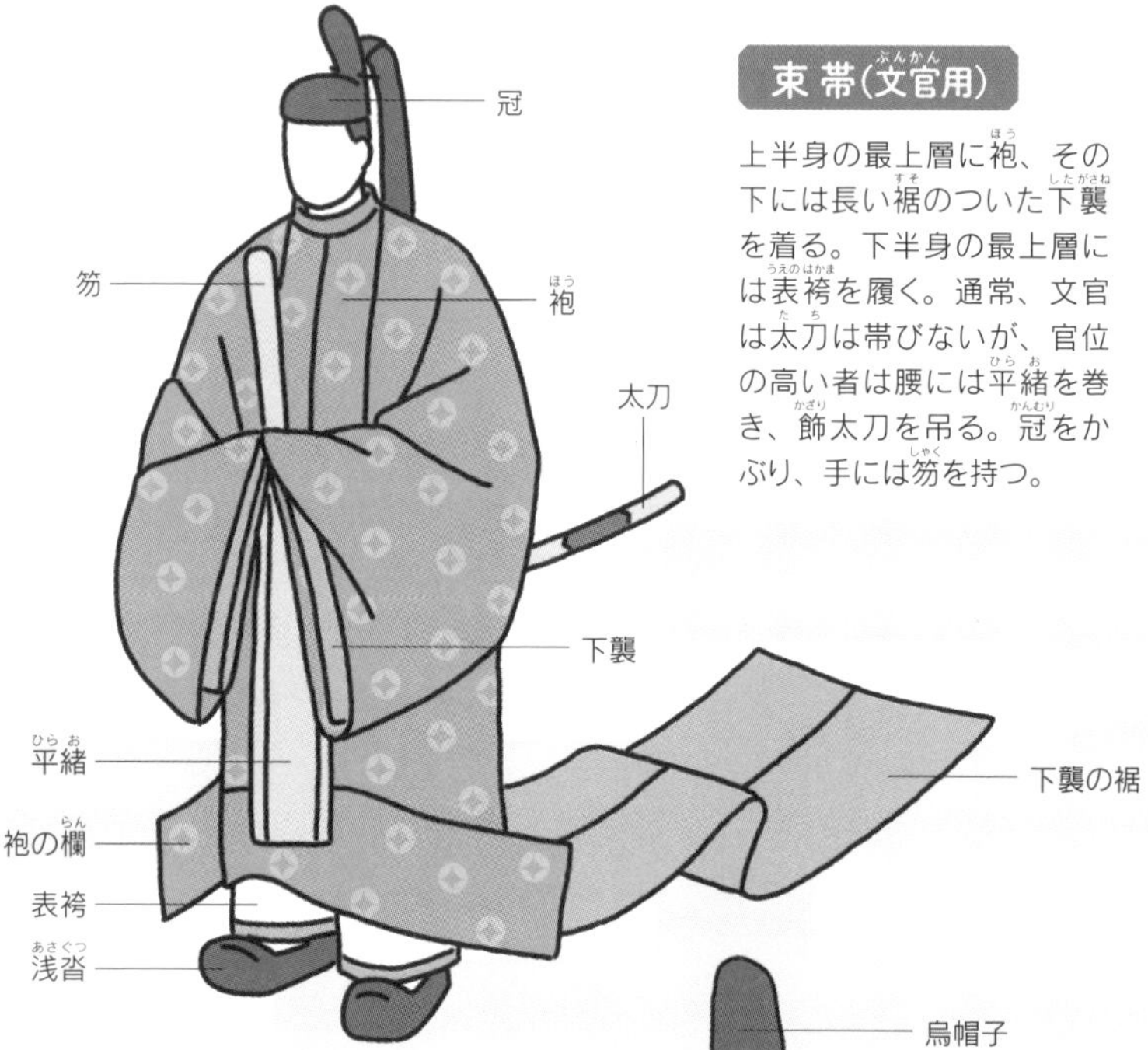
冠
笏
袍《ほう》
太刀
下襲
平緒《ひらお》
袍の欄《らん》
表袴
浅沓《あさぐつ》
下襲の裾

束帯（文官《ぶんかん》用）

上半身の最上層に袍《ほう》、その下には長い裾《すそ》のついた下襲《したがさね》を着る。下半身の最上層には表袴《うえのはかま》を履く。通常、文官は太刀《たち》は帯びないが、官位の高い者は腰には平緒《ひらお》を巻き、飾《かざり》太刀を吊る。冠《かんむり》をかぶり、手には笏《しゃく》を持つ。

烏帽子
直衣
直衣の欄
指貫《さしぬき》

直　衣

上半身の最上層に直衣を着る。下半身の最上層には指貫《さしぬき》を履く。烏帽子《えぼし》を常用する。

女性貴族の装束

「晴装束」には裳《も》唐衣《からぎぬ》、「褻装束」には小袿《こうちき》などがあった。

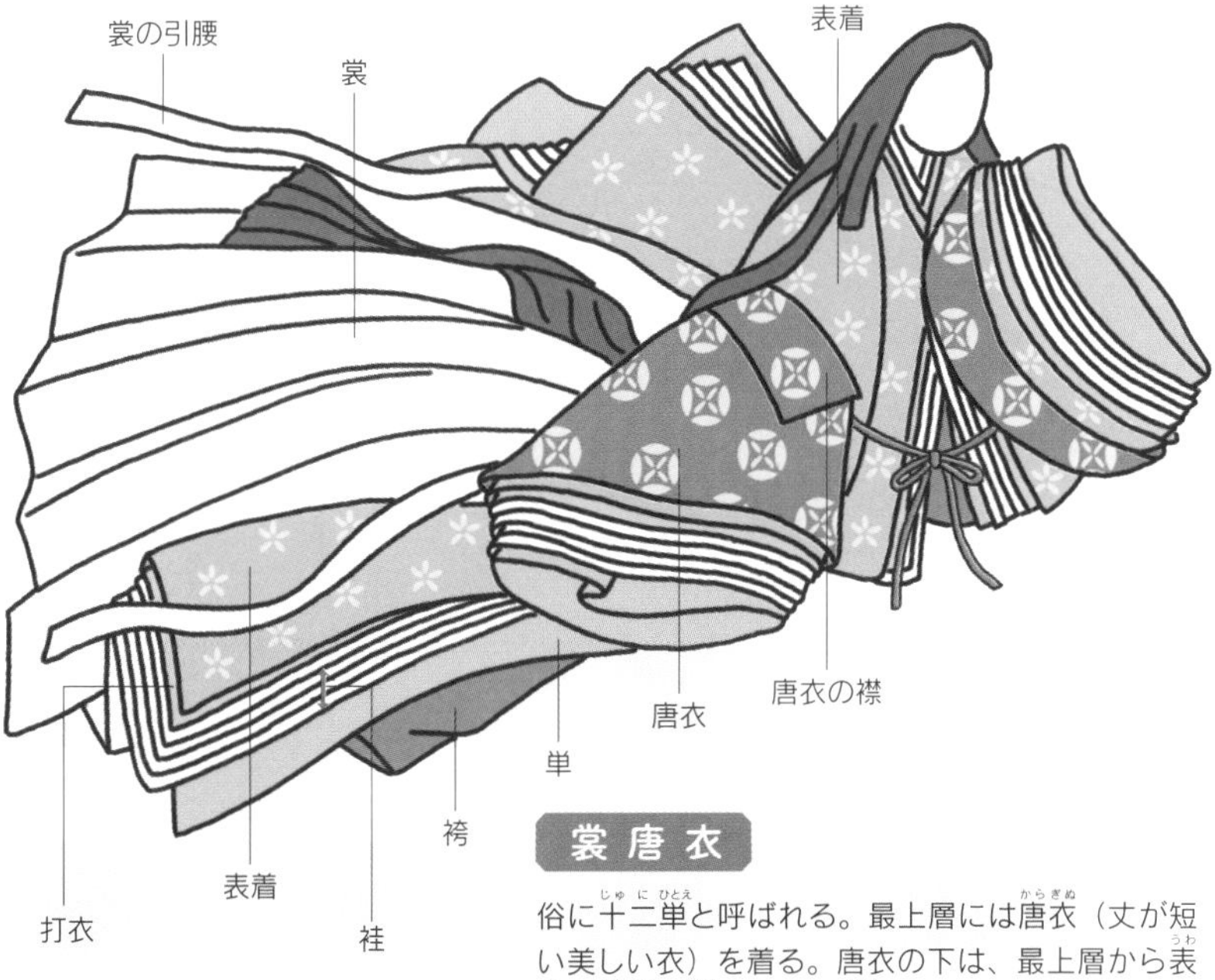

裳唐衣

俗に十二単《じゅにひとえ》と呼ばれる。最上層には唐衣《からぎぬ》（丈が短い美しい衣）を着る。唐衣の下は、最上層から表《うわ》着《ぎ》、打衣《うちぎぬ》、袿《うちき》（複数）、単《ひとえ》。唐衣と表着の間に、腰から下の後背部を覆って後ろに長く引く裳《も》を腰に巻いて着ける。裳には引腰《ひきごし》という紐がついている。

小袿

最上層に、小袿（高価な織物を使って裾を短く仕立てた袿）を着る。内側には、袿（複数）と単を着る。

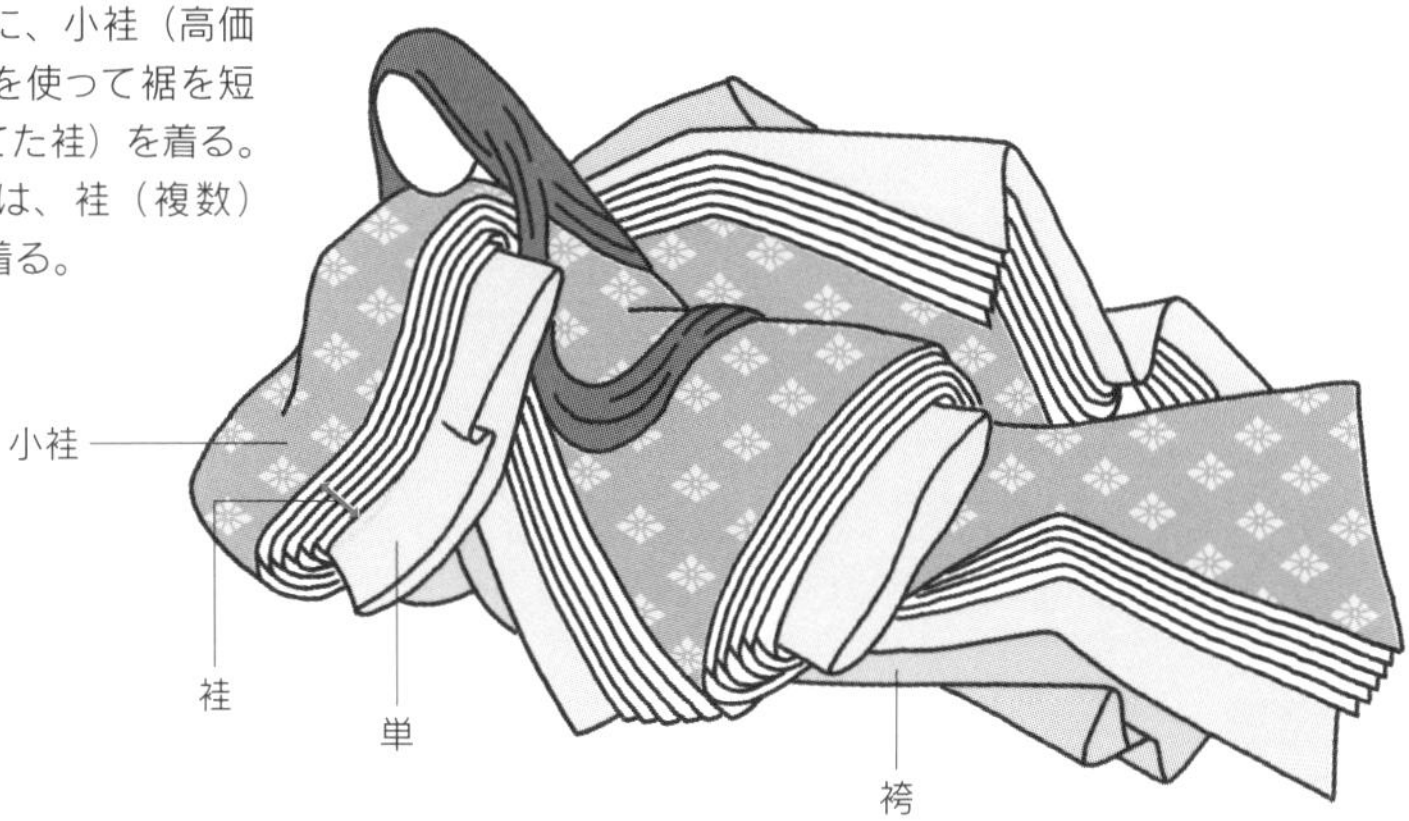

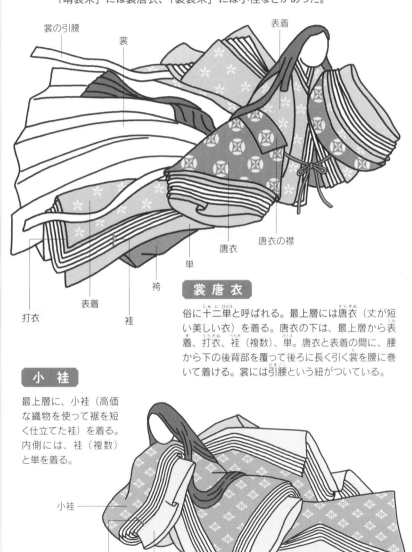

二人の父と玉鬘の苦悩

巻名
蛍《ほたる》・常夏《とこなつ》・篝火《かがりび》

蛍の光で見えた美貌（蛍）

折に触れて源氏が言い寄るので、玉鬘は嫌になっていました。かと思うと、源氏は親のようなことも言い、来た文のうち、兵部卿宮には返事を出しなさいなどと指示します。源氏は女房《にょうぼう》に代筆させて、兵部卿宮への返事を書かせました。

喜んだ兵部卿宮が、夕方に訪ねてくることになりました。

源氏は隔てるものを几帳だけにして二人の会う場所を整えたり、香を焚いたりして、いそいそと準備します。兵部卿宮が来ても、玉鬘は相手をする気になれず、源氏も近づいて来そうなので困って、几帳の側に横になります。

そのとき、源氏が几帳を上げ、用意していた多くの蛍を中に放ったので、玉鬘の美しい横顔が蛍の光に照らされて浮かび上がりました。それを見た兵部卿宮は、心を奪われたのでした。

玉鬘は、ことさらに兵部卿宮を好むわけではないものの、言い寄る源氏から逃れるためか、宮の和歌にも少し応じます。世間からは源氏の実子と思われている、いまの状況で、言い寄られるのはつらいと思い悩むのでした。

5月5日、源氏は六条院で競射《きょうしゃ》[*1]を催し、夜は花散里の御殿に泊まりました。しかし、花散里は床を源氏に譲って共寝はしません。すでに男女の仲は不似合いだと、女は思っているのでした。

五月雨の中、源氏は玉鬘を訪ね、物語を書き写している玉鬘をからかい、物語談義をしました。

そのころ、内大臣は行方知れずの玉鬘を探していましたが、手がかりはつかめないままでした。

用語解説
＊1 競射　弓の技術を競う催し物。

玉鬘と兵部卿宮の前で蛍が放たれる

五月雨の夜、光源氏は蛍を放ち玉鬘《たまかずら》の姿を浮かび上がらせた。

兵部卿宮《ひょうぶきょうのみや》
蛍の光で浮かび上がった玉鬘の美しさに心惹かれる。
蛍
闇に光る蛍は静かに身を焦がす「思ひ(灯《ひ》)」を表した。
平安時代にも蛍は風流なものとして愛されており、庭に放ってその光を楽しんだ。
玉鬘

当時、夜の部屋は真っ暗で、こよりに油をしみこませた紙燭《しそく》などのわずかな灯りが頼り。衣擦《きぬず》れの音で相手の位置を把握した。

平安時代の人々と蛍の光

蛍と日本人のかかわりは古く、蛍が登場する最も古い文献は、720年に成立した『日本書紀』に文字が見えるが、さらに身近な存在になるのは平安時代のころからだとされている。

平安時代中期に成立した『うつほ物語』には帝が蛍の光で尚侍《ないしのかみ》を見たエピソードもある。玉鬘がやがて尚侍になることから関連性がうかがえるが、平安時代には似た話や歌を典拠として新しいものをつくるのが創作の基本的な方法だった。

江戸時代の浮世絵にも蛍狩りする様子が描かれる(鳥文斎栄／東京国立博物館)。

蛍と魂

平安時代、蛍を死者の魂と見る発想もあった。和泉式部《いずみしきぶ》には、蛍を身体から抜け出した自分の魂と見る歌もある。

内大臣家の近況を聞く（常夏）

暑い夏の日、源氏は夕霧と六条院の東にある釣*1《つり》殿《どの》で涼んでいました。

すると、内大臣家の若者たちが訪れて川魚や酒などを楽しみながら、最近、内大臣が探し当てた外腹の子である近江《おうみ》の君《きみ》が、早口で教養に乏しいなどと話します。

源氏は、「子だくさんの内大臣が、数から漏れた者まで集めるのは強欲」と言い、夕霧に「お前もその落葉を拾ったら」などと言います。夕霧と雲居雁を引き離した内大臣への当てつけでした。

その日の夕方、源氏は玉鬘と琴を弾きながら語り合いました。玉鬘への恋心を抱く源氏ですが、そろそろ現実を考え、兵部卿宮か鬚黒の大将に玉鬘を託そうかと考えることもありました。

玉鬘のほうは、源氏は言葉ではいろいろ言っても、「実は無体な真似はなさらないのだ」と思いはじめ、それほど厭わなくなってきました。

内大臣は玉鬘の噂を聞き、源氏の実子だろうかと疑いはじめます。一方では近江の君に手を焼き、弘徽殿女御のもとに行儀見習いに預けました。

弟の琴の演奏に感動（篝火）

近江の君に対する内大臣の態度を知った玉鬘は、「実の娘を笑いものにする内大臣でなく、源氏のもとにいてよかった」と、いまでは感じました。

秋*2になり、篝*3《かがり》火《び》の明かりの中で、源氏は玉鬘に琴の手ほどきをし、二人は詠み交わします。

ちょうど六条院の夏の町の東側の建物で、夕霧と柏木たちが管絃遊びに興じていたので、招いて演奏させました。

事情を知らない柏木は、じつの姉妹とは知らず、美しい玉鬘を前に緊張しながら演奏します。

一方、内大臣が和琴の名手と知っていた玉鬘は、父譲りの腕をもつ兄弟の演奏に感動するのでした。

用語解説

＊1 釣殿 84ページ参照。
＊2 秋 旧暦なので、ここでは7月になったということ。
＊3 篝火 鉄製の籠（かご）の中で薪をたいて照明する火。

貴族の食事

貴族たちの食事は、正式には1日に二度、巳の刻（10時前後）と、申の刻（16時前後）に行われた。食品の種類は豊富だが新鮮なものは少なく、食物へのタブーもあり、栄養は偏りがちだった。

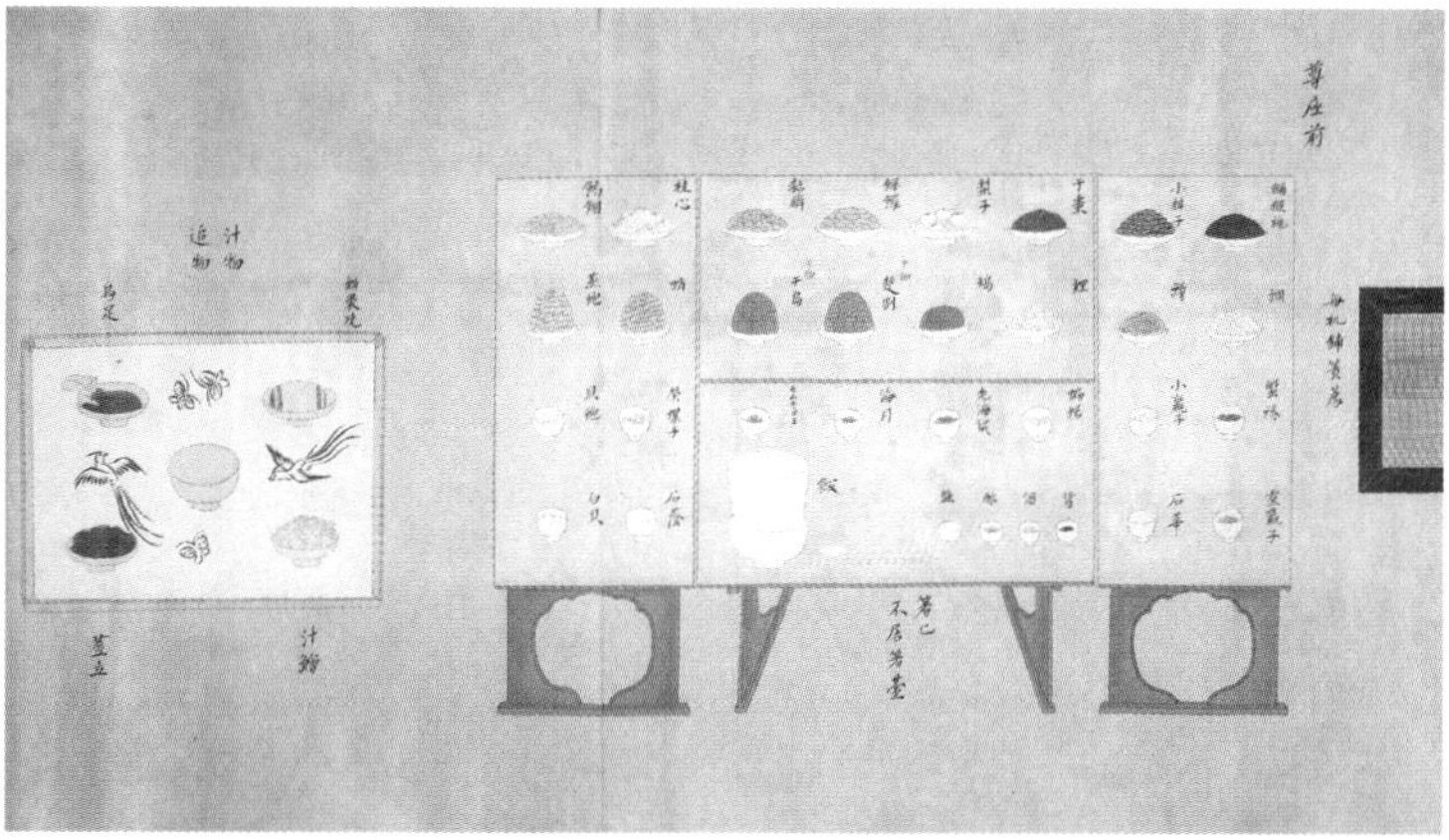

『類聚雑要抄』（三井高蔭 写／東京国立博物館）

御膳の例 「類聚雑要抄《るいじゅざつようしょう》」（1146年ごろ）に描かれた、ある日の饗宴で出された御膳の図（「尊座前」の部分）。米を蒸した強飯《こわいい》、干物にした魚介類、果物、餅菓子などが描かれている。好みに味つけできるよう、塩・酢・醤《ひしお》といった調味料も置かれている。

貴族専用の膳 木製漆器でつくられた膳（料理を載せて供する台）がよく使われた。

高坏《たかつき》

1本脚のついた、皿を載せるための台、あるいは器。饗宴や儀式には必需。

台盤《だいばん》

皿を載せる台で、座卓形式の食卓。縁が広くなっていてここにも皿を置いた。

懸盤《かけばん》

皿を載せる一人用の正式な膳。

実父に玉鬘のことを伝える

巻名
野分《のわき》・行幸《みゆき》

台風の中での垣間見（野分）

中秋を迎えて六条院の庭に美しい秋の花々が咲く中、激しい野分《のわき》（台風）が六条院を襲います。夕霧は、混乱する邸内で、偶然、紫の上を垣間見て、その美しさに驚愕し、強く心惹かれます。

源氏は夕霧の落ち着かない様子から、紫の上が垣間見られたと知ります。

源氏は、自分が藤壺と密通した経験から、夕霧には同じことをさせまいと、紫の上から遠ざけていましたが、台風のせいで近づけることになってしまったのです。

翌朝、源氏が六条院の女性たちを見舞う際、夕霧は同行し、源氏が玉鬘に対して親代わりとは思えない親密な態度を取るのに驚きます。

玉鬘の宮仕えが決まる（行幸）

12月、大原野《おおはらの》への行幸《ぎょうこう》（左頁参照）があり、見物した玉鬘は、初めて父である内大臣の姿を見ます。兵部卿宮、鬚黒の大将なども目にしました。そして、源氏と瓜二つの冷泉帝の美しさに感動し、かねて源氏から勧められていた尚侍としての宮仕えに、前向きな気持ちを抱くようになります。

源氏は宮仕えに備えて玉鬘の裳着《もぎ》の準備をはじめました。玉鬘の身の上を明らかにする時期だと感じた源氏は、久々に内大臣に対面します。昔のように心を通じ合わせたのち、玉鬘が内大臣と夕顔の娘であることを告げました。

内大臣は、信じがたい話だと涙を流し、一度は断った玉鬘の裳着の*1腰結《こしゆい》役を引き受けました。

用語解説

＊1 腰結役　裳着の儀礼で腰紐を結ぶ重要な役。「裳着」は女性の成人式で、結婚前に行う。

冷泉帝の大原野行幸

豪勢な冷泉帝一行が大原野《おおはらの》に行幸《ぎょうこう》する。

この場面は、醍醐天皇《だいごてんのう》の行幸をモデルにしたともいわれる。行幸とは天皇が外出すること。

冷泉帝の美しさに目を奪われると同時に光源氏と酷似していることに気づく。

紫式部が愛した小塩山・大原野神社

現在の京都市西京区大原野の一帯は、平安時代に朝廷が狩猟を行う場所だった。藤原氏の氏神である春日大社《かすがたいしゃ》から勧《かん》請《じょう》を受けた大原野神社が小塩山《おしおやま》のふもとにあり、紫式部自身も氏神と崇め、和歌にも詠んでいる。

原文

ここにかく　日野の杉むら　埋《うづ》む雪
小《を》塩《しほ》の松に　今日やまがへる

（『紫式部集』より）

訳

ここ越前の日野岳《ひのたけ》の杉林は、雪に深く埋れんばかりだ。今日は、都でも小塩山の松に、雪がちらちらと散り乱れて降っていることであろうか。

鑑賞

父・藤原為時《ふじわらのためとき》に伴われて越前国にやってきた紫式部が故郷を懐かしみ詠んだもの。

大原野神社。

玉鬘をめぐる求愛合戦

巻名
藤袴《ふじばかま》・真木柱《まきばしら》

宮仕えを前に悩む玉鬘（藤袴）

尚侍として宮仕えすることになった玉鬘ですが、秋好中宮は源氏の養女、弘徽殿女御は異母姉妹ですから、もし帝の寵愛を争うことになったらと思うと気が重くなります。源氏も、じつの親である内大臣も、相談相手にはなりそうもなく一人思い悩んでいました。

そんな中で大宮が亡くなり、夕霧は源氏の使いとして玉鬘のもとへ行きます。大宮の孫として喪に服する玉鬘に、姉ではないと知った夕霧は、＊1藤袴《ふじばかま》を差し出して恋心を訴える歌を詠みかけると、玉鬘自ら返歌しますが、恋には応じませんでした。

夕霧は源氏のもとを訪れ、内大臣が疑っているからと理由をつけ、玉鬘との関係を追及します。何気ないふりをしてかわした源氏でしたが、玉鬘への思いを断つときだと考えます。同時に、内大臣に自分の潔白を伝えなければと思うのでした。

玉鬘の宮仕えが10月と決まり、内大臣の使者として柏木が訪れます。かつて、自分の姉とは知らずに求愛したことを気恥ずかしく感じる柏木と、玉鬘は他人行儀に取次を介して話すのでした。

宮仕えを前にして、玉鬘のもとには、求婚者から多くの文が届きました。その一人、髭黒の大将を、内大臣は「人柄も身分もまずまず」と思っていましたが、余計なことは言うまいと源氏に任せていました。

じつは髭黒の大将には、紫の上の異母姉である正妻がおり、病を患っていました。そんなこともあって、源氏は玉鬘の相手としては難があると考えていたのです。

用語解説
＊1 藤袴　キク科の花。花の色が藤色で形が袴に似ていることからこの名があるともいわれる。

貴族の通過儀礼

誕生、成人、結婚……、貴族には、人生の節目節目にとり行うべき儀礼があった。

誕生 誕生後まもなくの7日間、新生児にお湯を浴びせる「御湯殿《おゆどの》の儀」を行う。誕生から3、5、7、9日目の夜には「産養《うぶやしない》」という祝宴を開き、親戚・知人から祝い品を贈られる。誕生後50日目と100日目には、新生児の口に餅を含ませる儀礼も行う。

成長 3~5歳ぐらいに、近親者を集めて、初めて袴を着る「袴着《はかまぎ》」を行う。

成人

男子 11~16歳ぐらいで「元服《げんぷく》」を行う。大人と同じ正装を着て、角髪《みずら》(子どもの髪型)を改めて一髻《ひとつもとどり》を結い、初めて冠を被る。

女子 12~14歳ぐらいで「裳着《もぎ》」を行う。髪を結い上げて初めて裳《も》を着る。

結婚 元服・裳着を行った男性・女性は結婚が可能となる。まず、会う前に「恋文」をやり取りし、結婚の意思を示し合う。やがて男性は女性の家に通いはじめ、3日目の夜に婚姻が成立する。このとき、新婦の家で「露顕《ところあらわし》」という宴が催され、新婦の親と新郎が対面。新郎新婦には「三日夜餅《みかよのもち》」が供される。

算賀 「算賀《さんが》」とは、長寿の祝いのことで、長寿の人の一層の健康を祈願して祝宴を催す。40歳の「四十賀《しじゅうのが》」をはじめとし、10年ごとに行う。

鬚黒の大将の妻に（真木柱）

多くの求愛者のうち、やや強引に玉鬘を手に入れたのは鬚黒の大将でした。源氏は「不本意だがしかたない」と考え、「しばらくは人にもらさないように」と、鬚黒の大将に注意します。

玉鬘は、優美とはいえない相手と結ばれたことをうれしいとは思えず、なかなか打ち解けません。

内大臣は、鬚黒の大将は、玉鬘の相手としてまんざらでもないと考え、これまで玉鬘と男女の仲にならなかった源氏の思慮深さに感謝しました。

鬚黒の大将は有頂天でしたが、正妻に関する懸念は続いていました。正妻は式部卿宮《しきぶきょうのみや》*1の娘で、もともとは美しい女性でしたが、物の怪につかれて心身ともに病んでいました。それでも、これまで鬚黒の大将は、この妻を気にかけ、あれこれと尽くしてきました。しかし、ある日、事件が起こります。

玉鬘のもとに行こうと、衣に香を焚きしめていたとき、妻が香炉《こうろ》の灰を鬚黒の大将に浴びせかけたのです（左頁参照）。驚きあきれた鬚黒の大将は、それ以来、妻への同情心をなくして近づかなくなります。

妻は、二人の息子と娘（真木柱《まきばしら》）を連れ、父の式部卿宮の邸に移ることにしました。鬚黒の大将は邸を訪ねますが、二人の息子を連れて帰り、妻には会わず、以後、迎えにも行きませんでした。

翌年、玉鬘は参内《さんだい》しました。しぶしぶそれを許した鬚黒の大将ですが、帝が玉鬘の部屋を訪ねたと知ると、心配でたまらなくなって早々に退出させ、自邸に連れ帰ってしまいます。

思いがけず玉鬘を鬚黒の大将に奪い取られた源氏は、悲しみに暮れて和歌を贈りますが、鬚黒の大将に隔てられてしまいます。玉鬘はいまとなっては、源氏の誠実さに感謝して懐かしむのでした。

鬚黒の大将の息子たちは玉鬘になつき、その後、玉鬘はとてもかわいい男児を出産しました。

用語解説

＊1 式部卿宮　かつて兵部卿宮だった、藤壺の兄。紫の上の父。

嫉妬に狂う鬚黒の大将の妻・北の方

玉鬘のもとへ向かおうとする鬚黒《ひげくろ》の大将《だいしょう》に妻・北《きた》の方《かた》が火取《ひとり》の灰を浴びせる。

鬚黒の大将
出かけられなくなった鬚黒の大将は、北の方への愛情も冷めてしまう。
北の方
長年、物の怪に取りつかれており、正気を失うこともあったと書かれる。
火取
香炉《こうろ》のこと。女のもとへ出かけていく際には、衣に香を焚きしめた。

鬚黒の大将と北の方の姫君が、生家を離れ、父に会えなくなるのを惜しみ、自邸の柱に和歌をしたためた紙を差し込む(『源氏五十四帖 卅〔一〕真木柱』／月耕)。

北の方と鬚黒の大将に見る平安時代の離婚

当時の離婚の定義はあやふやだが、男性が通わなくなると「夜《よ》離《が》れ」「床離《とこばな》れ」などといわれ、次第に実質的な離婚とみなされた。

鬚黒の大将の場合、北の方や子どもたちは夫の邸に同居していたようだから、同居の解消がすなわち離婚を意味した。

当時は、建前的には男性から離婚するのが基本。女性から離婚する場合は、出家することで縁を切るなどした。

夕霧と雲居雁が再会し結婚

巻名
梅枝《うめがえ》・藤裏葉《ふじのうらば》

明石の姫君の入内準備（梅枝）

源氏は明石の姫君の裳着の準備をしていました。2月に東宮が元服したら、明石の姫君は東宮の女御として宮中に入る予定だからです。

年末年始の行事が一段落した1月末、源氏は明石の姫君のために薫物《たきもの》[＊1]の調合をしようと考え、六条院の女性や朝顔の元の斎院らに香木を届けて調合を頼みました。

2月10日、雨の中でひときわ紅梅が香る中、源氏の弟の兵部卿宮が訪れたので、源氏は、この機会に薫物合《たきものあわせ》[＊2]をしようと思いつきます。女性たちの調合した薫物が集められ、兵部卿宮が審判しました。

翌日、秋好中宮の御殿で明石の姫君の裳着が行われました。腰結役は中宮が務めました。「秋好中宮にあやかって、いずれは中宮に」という願いを込めて、源氏が依頼したからです。養母である紫の上は参上しましたが、実母である明石の君は、身分の低さから参上を許されませんでした。

2月下旬に東宮が元服しました。源氏に遠慮して、他の姫君が入内を控えたので、源氏は明石の姫君の入内を4月に延期し、さらに名筆や立派な書物を集めるなどの準備をしました。

明石の姫君の入内準備の噂を聞いた内大臣は、入内もできない雲居雁を不憫に思い、また、夕霧に縁談があると聞いて、焦りはじめます。

娘盛りで美しくなった雲居雁は、夕霧と会えない日々の中で深く沈んでいます。それがかわいそうで、内大臣は自分が仲を裂いたことを後悔し、夕霧の意向を聞いてみようかと考えるのでした。

用語解説

＊1 薫物　さまざまな香木や香料を粉末にし、調合して蜜で練り固めた香。
＊2 薫物合　各人が調合した練り香を焚き、優劣を判定する遊び。

貴族の葬儀・追善供養

貴族が死ぬと、その遺族は仏教の考えに則り、
多くの僧を参加させて葬儀・法事を盛大に行った。

臨終 死者が西方《さいほう》の極楽浄《ごくらくじょう》土《ど》に行けるよう、遺体を北枕にして西向きに寝かせる。陰陽師《おんみょうじ》が葬儀の日取りを決める。遺族はこのあと、律令に定められた一定期間、黒や鈍色《にびいろ》の服を着て仏事《ぶつじ》に専念。

⇩

葬送 遺体を沐浴して棺に納め、夜になったら棺を牛車に乗せて葬送地（京都東山《ひがしやま》の鳥辺野《とりべの》のあたりが多かった）へ向かう。近親者は徒歩で従う。

⇩

殯 葬送地に魂殿《たまどの》を建て、葬儀までの間、棺を一時的に安置する（殯《もがり》）。

⇩

葬儀 当時は風葬《ふうそう》が一般的で土葬《どそう》も行われたが、貴族は火葬《かそう》されることが多かった。僧が念仏するなか、棺に火をつけ、一晩以上かけて燃やす。特権階級の死者には墓が建てられた。

⇩

中陰 死後49日間（中陰《ちゅういん》）は、死者の霊魂が迷っているとされ、この間、初七日《しょなぬか》をはじめとし、7日目ごとに法事を行う。49日目の七七日《なななぬか》（満中陰《まんちゅういん》）には、盛大な法事を営む。

⇩

忌日 死者の死んだ日「忌《き》日《にち》」（毎月、あるいは、毎年のその日）には、法事を行い、死者を供養する。一回忌、三回忌には多くの人が集まる。

葬送

『北野天神縁起』より

葬送地と墓

『餓鬼草紙』（田中納言 模／東京国立博物館）

忌日の法事

『法然上人伝』より

夕霧と内大臣が和解（藤裏葉）

内大臣が、どんな機会に夕霧と話そうかと考えるうち、3月20日、故大宮の三回忌を*1極楽寺《ごくらくじ》で営むことになりました。堂々とした振る舞いで成長を感じさせる夕霧を、法事が終わって帰るときに、内大臣は呼び止めました。

「今日の法事に免じて私の罪を許して欲しい」と声をかけ、二人はわだかまりを捨てて言葉を交わしました。その後、4月7日に内大臣邸で催された藤の宴（左頁参照）に、内大臣は柏木を使いにして、丁重に夕霧を招きました。

藤の宴ののち、夕霧は柏木に導かれて雲居雁の部屋を訪ね、約6年ぶりに再会した二人は結ばれました。内大臣はもちろん、夕霧から報告を受けた源氏も、この結婚に安堵しました。

一方、明石の姫君はようやく、東宮に入内しました。養母である紫の上は、実母の明石の君を気づかい、明石の姫君の後見役として推薦しました。

姫君の入内につき添った紫の上は、3日で退出する際、入れかわりに宮中入りする明石の君と初めて対面します。

二人の母は打ち解けて、互いにすばらしさを認め合いました。明石の君は8年ぶりに会った娘の姫君の成長ぶりに感涙しました。紫の上は女御と同じ格式の輦車を許されて、宮中から退出しました。

夕霧も結婚、明石の姫君も入内して安堵した源氏は、出家の意を強くするのでした。

源氏は、四十賀《しじゅうのが》を翌年に控え、その準備が進む中で*2准太上天皇《じゅんだいじょうてんのう》の位を賜りました。内大臣は太政大臣《だじょうだいじん》に、夕霧は中納言《ちゅうなごん》に昇進しました。

10月、六条院への冷泉帝の行幸が、朱雀院を伴って華やかに行われました。源氏や太政大臣は、若き日に紅葉賀で青海波を舞ったことに思いを馳せるのでした。冷泉帝と光源氏は瓜二つで、夕霧もよく似ていました。

用語解説

＊1 極楽寺　京都市伏見区にあった。藤原基経以来の摂関家の墓所。現在の宝塔寺の前身。

＊2 准太上天皇　皇位を譲った天皇（院）と同じ待遇。

内大臣邸での藤の宴

内大臣《ないだいじん》（元の頭中将）は藤の宴に夕霧を招き、雲居雁《くもいのかり》との結婚を許した。

夕霧
藤
藤原氏の象徴。
柏木
父である内大臣が藤を詠んだ古歌を口ずさむと、柏木は藤の枝を夕霧の盃に添えた。藤の枝を雲居雁に見立てて、夕霧に託している。

内大臣による結婚の許諾

初恋同士の夕霧と雲居雁は、夕霧の位の低さから結婚を認められずにいた。しかし、夕霧の縁談の噂を耳にして、雲居雁の父・内大臣も結婚を許す気になる。内大臣は、『後撰《ごせん》集《しゅう》』（955～958年）の歌（春下巻、読み人知らず）の一節を引いて、「藤の裏葉の」と口ずさむ。さらに続けて、歌をもって雲居雁を託す旨を遠回しに伝える。

藤の花。

内大臣

春日《はるひ》さす　藤の裏葉の　うらとけて
君し思はば　われも頼まん

訳　春の日差しが届く藤の裏葉のようにあなたが心を開いてくれるのならば、私も頼りにします。

内大臣

紫に　かごとはかけむ　藤の花
まつより過ぎて　うれたけれども

訳　すべては藤の花のせいにしよう。待ちすぎてしゃくにさわるけれど。

紫式部ってどんな人？

vol.1

生まれや育ちはどのようなものだったのか

幼いころより文才に恵まれる

紫式部《むらさきしきぶ》は、平安時代中期に活躍した宮廷女房《にょうぼう》です。歌人としても知られています。生まれた年は970年代とされ、諸説があります。また、亡くなったのは1014年、1019年、1031年など、いろいろな説があります。

紫式部は、越前守《えちぜんのかみ》のちに越後守《えちごのかみ》を務めた藤原為《ふじわらのため》時《とき》を父に、母は摂津守《せつつのかみ》を務めた藤原為信《ふじわらのためのぶ》の娘という、貴族の家柄に生まれました。

その母は、紫式部の幼いころに没しています。また姉や兄弟の惟規《のぶのり》も若くして没しました。

漢学者でもあった為時は、30歳前後のころ、皇太子時代の花山天皇《かざんてんのう》に学問を教えるほどでした。また996年、為時は淡路守《あわじのかみ》に任ぜられました。鎌倉時代初期の説話集『古事談《こじだん》』によれば、次のような漢詩を詠んだとされています。

苦学寒夜
紅涙霑袖
除目春朝
蒼天在眼

意味は、冬の夜の寒さに耐えて勉学に励んできたが、希望する官職に就くことができず、血の涙を流して袖《そで》を濡らしています。除目《じもく》（任命）が修正されれば帝《みかど》（蒼天になぞらえている）の温情に

「紫式部図」（文晁／東京国立博物館）

感激し、よりいっそうの忠誠を誓うでしょう、といったものですが、これを読んだ一条天皇《いちじょうてんのう》が涙したといいます。それを伝え聞いた時の権力者、藤《ふじ》原道長《わらのみちなが》が即座に、より大国である越前国《えちぜんのくに》の国司《こくし》に任命したといい伝えられています。

紫式部は幼いころより才能のある女性でしたが、これは、父の為時の学問を受け継いだものでしょう。紫式部には、『源氏物語《げんじものがたり》』の他に『紫式部日記《むらさきしきぶにっき》』や私家集『紫式部集《むらさきしきぶしゅう》』などがあります。歌人としても知られた紫式部ですが、『小倉百人一首《おぐらひゃくにんいっしゅ》』や勅《ちょく》撰和歌集《せんわかしゅう》にはいくつもの歌が収められています。

紫式部の名前は父の官職に由来

「紫式部」というのは、本名ではありません。この時代、宮中に仕える女房は、名字と父や夫などの官職名との組み合わせで呼ばれるのが一般的でした。式部丞《しきぶのじょう》という官職にあった藤原為時の娘なので、「藤式部《とうしきぶ》」と呼ばれていました。

そして、宮中で『源氏物語』が好評を博すようになるにつれ、ヒロインの名前を取って「紫式部」と広く呼ばれるようになりました。

なお、一説に、本名は「藤原香子」だというものがあります。「香子」の読みかたの説もいろいろで、「かおるこ」「たかこ」「こうし」などがあります。

藤原宣孝との結婚と出仕

紫式部が結婚したのは、998年か999年とされ、この時代としては、かなり遅い結婚です。夫は山城守《やましろのかみ》を務めていた藤原宣孝《ふじわらののぶたか》。20歳近く年上だったといいます。また宣孝は、紫式部のまたいとこに当たっています。

結婚の翌年には藤原賢子《ふじわらのけんし》が生まれましたが、3年後には宣孝と死別しました。その数年後、一条天皇の中宮《ちゅうぐう》、彰子《しょうし》のもとに仕えるようになりました。

紫式部関係略系図

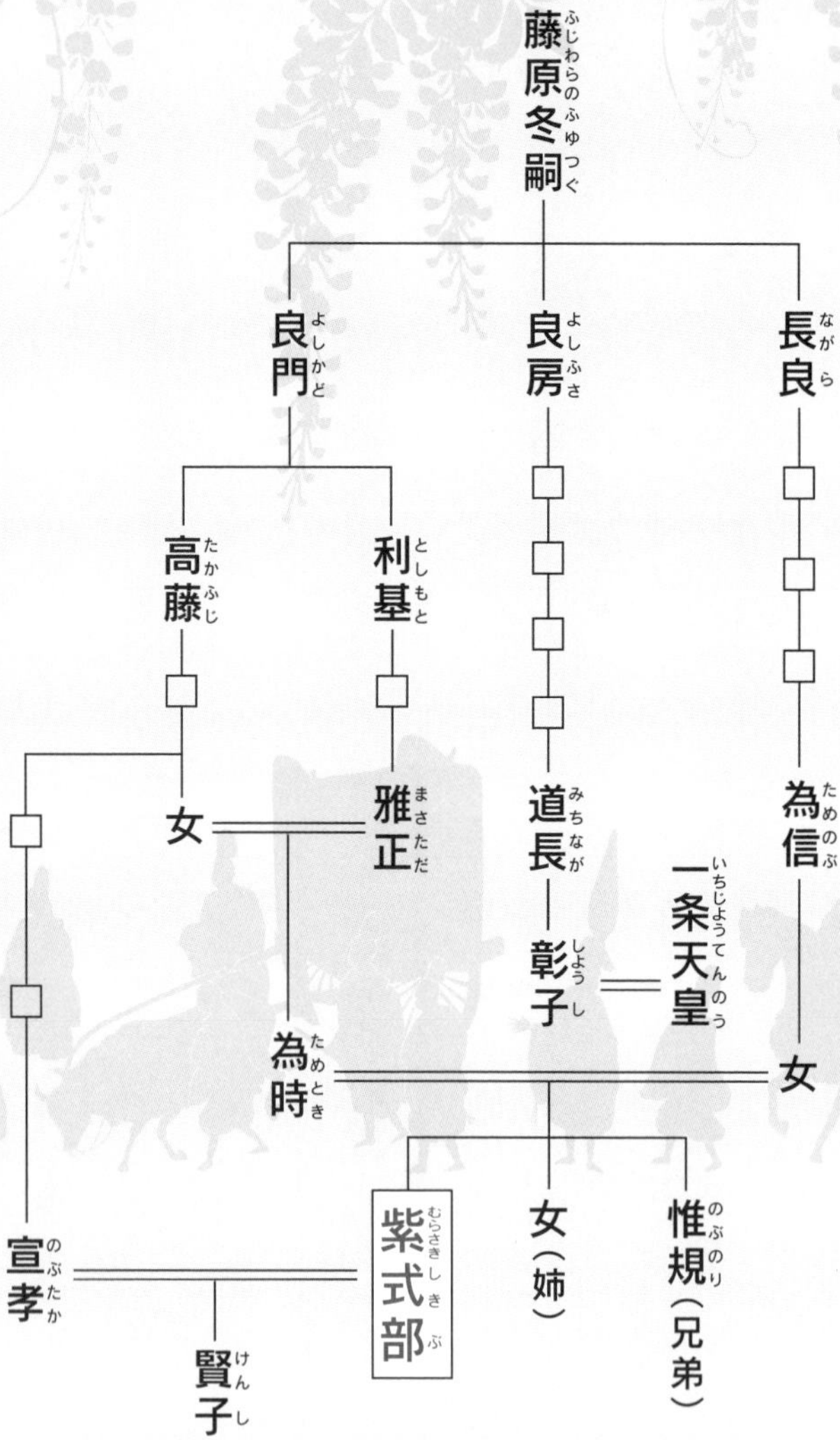

藤原冬嗣《ふじわらのふゆつぐ》
良門《よしかど》
良房《よしふさ》
長良《ながら》
高藤《たかふじ》
利基《としもと》
女
雅正《まさただ》
道長《みちなが》
為信《ためのぶ》
一条天皇《いちじょうてんのう》
彰子《しょうし》
為時《ためとき》
女
宣孝《のぶたか》
紫式部《むらさきしきぶ》
女（姉）
惟規《のぶのり》（兄弟）
賢子《けんし》

第二部

光源氏晩年

藤壺の姪である紫《むらさき》の上《うえ》を妻として、帝さながらの栄華を満喫する光源氏。出家を願う兄の朱雀院《すざくいん》に、最愛の娘の女三《おんなさん》の宮《みや》を託される。新たな妻の存在に脅かされる紫の上。その女三の宮に憧れる柏木《かしわぎ》はついに密通。光源氏が不義の子を我が子として抱く、憂愁の晩年の物語。

第二部

第34〜41巻

登場する主要な人物の相関図

＝ 夫婦・恋人　─ 親子　┅ 不義の関係

▲ 故人　［ 兄弟姉妹　（→○○）のちの名称

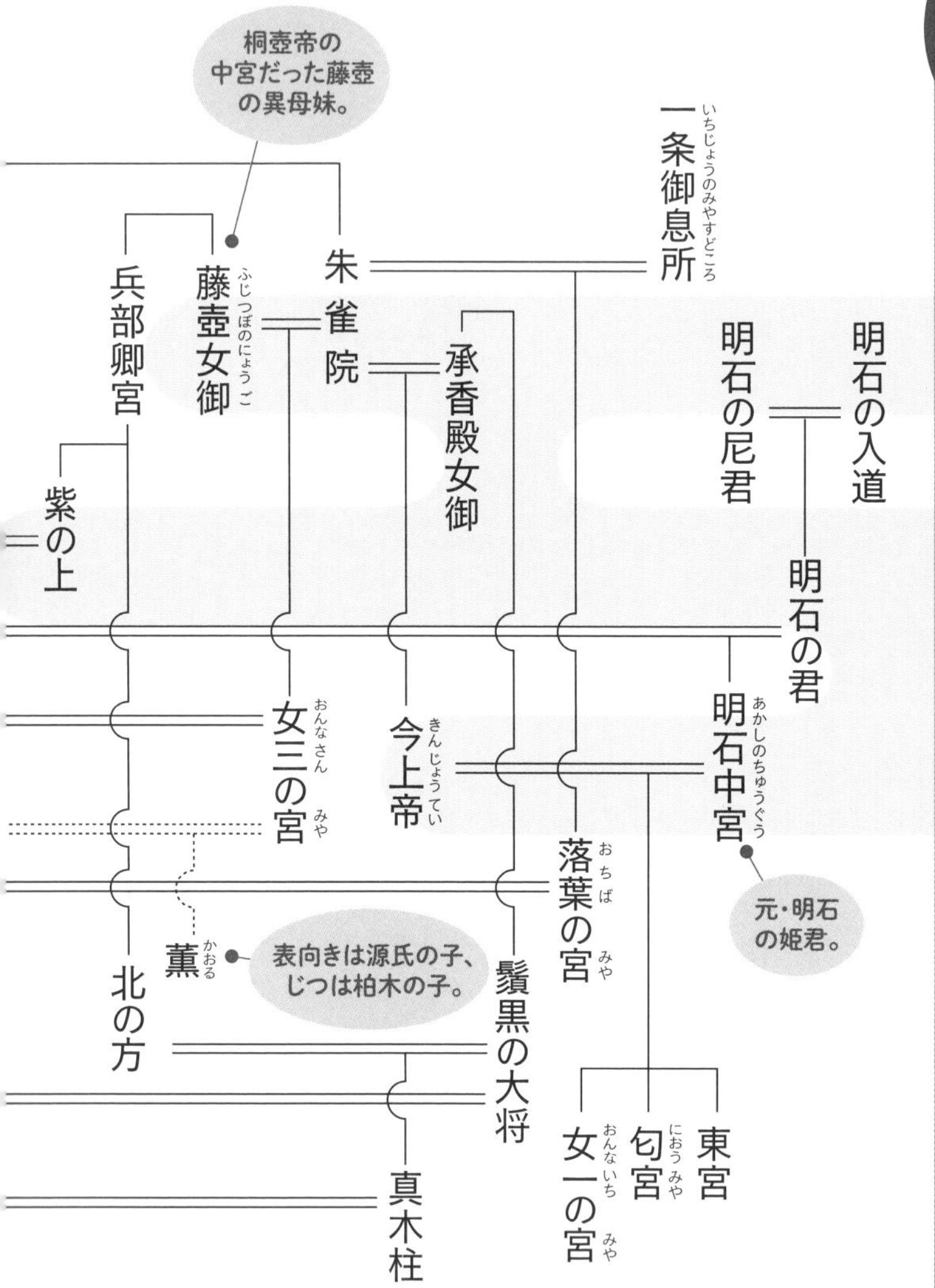

桐壺帝の中宮だった藤壺の異母妹。
一条御息所《いちじょうのみやすどころ》
朱雀院
藤壺女御《ふじつぼのにょうご》
兵部卿宮
承香殿女御
明石の入道
明石の尼君
紫の上
明石の君
女三の宮《おんなさんのみや》
今上帝《きんじょうてい》
明石中宮《あかしのちゅうぐう》
元・明石の姫君。
落葉の宮《おちばのみや》
薫《かおる》
表向きは源氏の子、じつは柏木の子。
北の方
鬚黒の大将
東宮
匂宮《におうみや》
女一の宮《おんないちのみや》
真木柱

光源氏が後見した女性たち

『源氏物語』の中で、光源氏は5人の女性を後見します。この時代の後見とは、政治的、経済的、実務的など、いろいろな意味の後ろ盾を意味していました。単なる主従関係や夫婦関係を超え、「長く守り抜くべき間柄」という意味合いもありました。

光源氏が後見した女性は、紫の上、末摘花、藤壺、斎宮女御（秋好中宮）、女三の宮で、全員、天皇の血を引く女性です。

光源氏は、拠《よ》り所を失った王統の女性たちの後見をすることで、その没落を未然に防ごうとしたとも見ることができます。

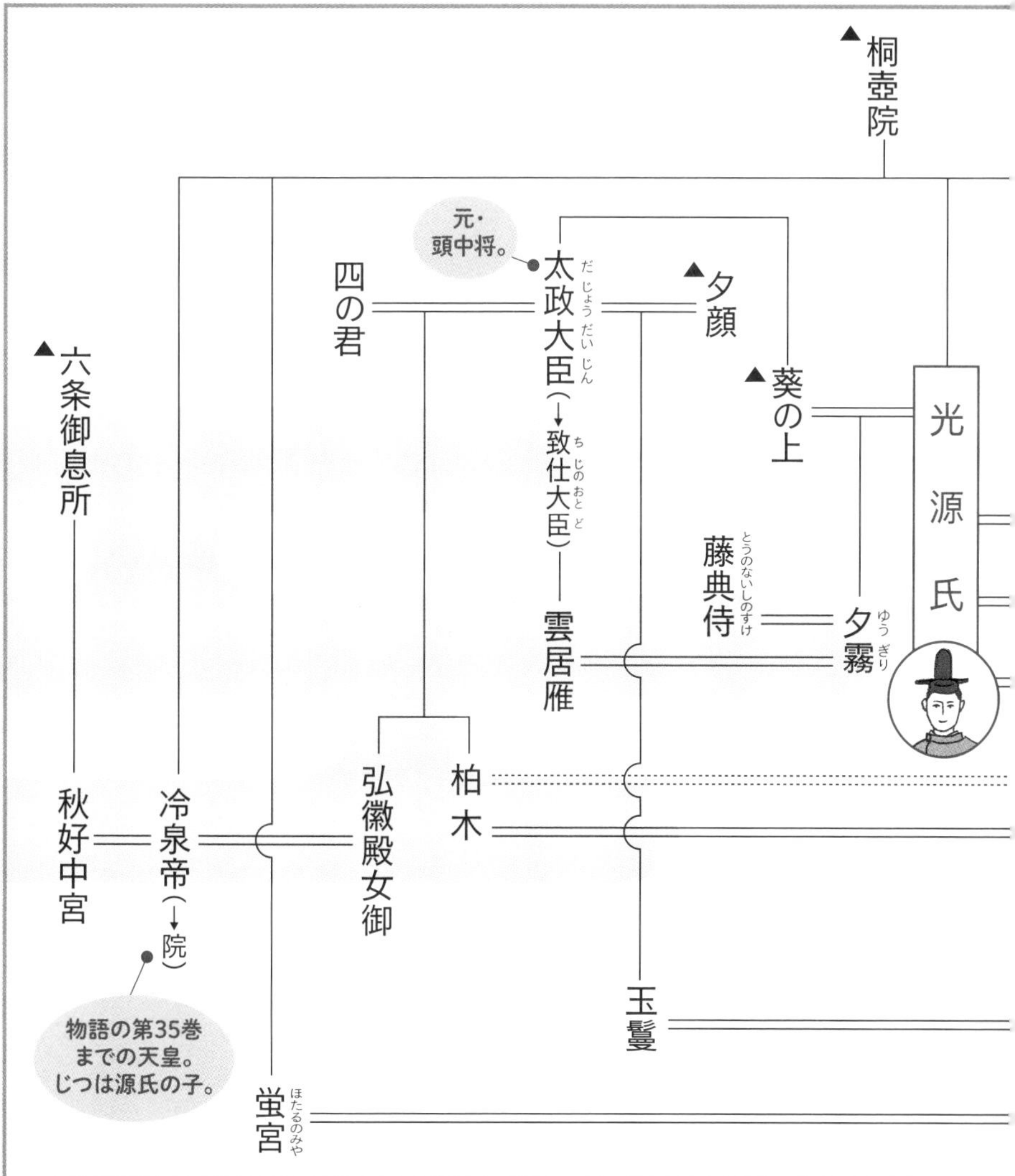

桐壺院
六条御息所
秋好中宮
冷泉帝（→院）
物語の第35巻までの天皇。じつは源氏の子。
蛍宮《ほたるのみや》
四の君
弘徽殿女御
柏木
元・頭中将。
太政大臣《だじょうだいじん》（→致仕大臣《ちじのおとど》）
雲居雁
夕顔
玉鬘
葵の上
藤典侍《とうのないしのすけ》
夕霧《ゆうぎり》
光源氏

光源氏に関する三つの予言

『源氏物語』では、光源氏に関する三つの予言が出てきます。一つ目は、桐壺の巻に出てくる高麗《こうらい》の人相見による予言で、「天皇になる相だが、すると世が乱れる。かといって、臣下として国政を補佐するのでもない」というもの。のちに、准太上天皇《じゅんだいじょうてんのう》という位にのぼりつめる源氏の将来を暗示しているような予言です。

二つ目は、帝《みかど》の父となることや須磨《すま》に下ることを暗示する源氏の夢で、若紫《わかむらさき》の巻に出てきます。

三つ目は澪標《みおつくし》の巻に出てくる、光源氏の子は三人で、帝・后・太政大臣になるという予言です。

光源氏のじつの子は、冷泉帝、明石の姫君、夕霧の三人で、冷泉帝は帝に、明石の姫君は中宮になり、夕霧は物語中ではまだ太政大臣にはなりませんが、いずれそうなることが予想されるところで物語が終わります。結局、三つの予言は的中したことになります。

光源氏の若い新妻

巻名
若菜上《わかなのじょう》・若菜下《わかなのげ》

苦悩する紫の上（若菜上）

　病気がちな朱雀院は、出家を望むものの、最愛の娘、女三《おんなさん》の宮《みや》の行く末が心配で決心できません。信頼できる相手に女三の宮の将来を預けようと考え、さまざまな候補者の中から源氏を選びました。

　女三の宮とは親子ほど年が離れているうえ、最愛の紫の上がいる源氏は、一度は断ります。しかし、年の暮れに行われた女三の宮の裳着《もぎ》のあと、朱雀院は出家してしまいました。見舞いに訪れた源氏は、再び院に懇願されて、女三の宮を正妻[*1]として受け入れることを承諾します。

　そのことを打ち明けられた紫の上は、表向きは冷静を保ちながらも、深刻に悩みます。

　年が明けて正月、玉鬘主催の源氏の四十賀が盛大に催され、玉鬘が若菜[*2]を献じました。

　2月、女三の宮が六条院の源氏のもとに降嫁《こうか》[*3]してきました。その幼さに源氏は愕然とし、幼いころから聡明だった紫の上を思い出します。紫の上への愛情を再確認しますが、朱雀院から託された女三の宮をむげには扱えず、丁重に接します。

　源氏は、いろいろな女性とつき合いながらも、ほとんどの夜は紫の上と一緒でした。それだけに紫の上は、強く寂しさを感じ、源氏の世話や六条院の調和を保つ役目を果たしながらも苦悩します。

　翌年3月中旬、明石の姫君が東宮の子を出産。男児誕生を知った明石の入道は、宿願が叶い、世を捨てて山にこもりました。

　六条院ではうららかな春の日に蹴鞠《けまり》が催されました。偶然、猫の綱がからまって御簾《みす》が上がり、柏木が女三の宮の姿を垣間見てしまいました。

用語解説

＊1 正妻　紫の上は源氏の正妻に近い存在ではあったが、身分や結婚時のいきさつなどから表立った正妻にはなれず、皇女である女三の宮が正妻となった。
＊2 若菜　正月に採れた若草。生命力に満ち、若返りの効があるとされた。
＊3 降嫁　皇女が皇族以外に嫁ぐこと。源氏は臣下だったが例外的に准太上天皇となったため、厳密には降嫁ではないが、慣用的にこの表現を用いる。

女三の宮を垣間見る柏木

猫が御簾を引き上げ、ついに憧れの女三《おんなさん》の宮《みや》を目にし心奪われる。

女三の宮 女主人は部屋の奥に座っているのが通常だが、女三の宮は柱のすぐそばに立っていた。

柏木 柏木や夕霧《ゆうぎり》は、六条院で蹴鞠《けまり》をしていた。

蹴鞠と猫がつなぐ禁断の恋

柏木は蹴鞠の名手。勝負の熱気が伝わったのか、見物の女房《にょうぼう》のみならず、普段なら室内の奥にいるはずの女三の宮も柱のそばに立っていた。

そこへ女三の宮の飼い猫が走り出てきて御簾を引き上げ、ついに柏木が女三の宮を目にする。柏木はこの場面を契機に女三の宮への思いを激しくする。それは、女三の宮の飼い猫を半ば無理やり引き取るほどだった。

蹴鞠とは

蹴鞠は、中国から伝わった球戯の一種で、平安時代に流行した。鞠を一定の高さで蹴り続け、その回数を追求する。本来競技場で行われるが、ここでは、六条院の春の町の寝殿の東庭を仮の競技場として催されていた。

蹴鞠に使われた鞠。2枚の鹿革を縫い合わせてつくられる。

柏木が密通（若菜下）

柏木は、垣間見た女三の宮に強い恋情を抱きますが、准太上天皇である源氏の正妻に、求愛などできません。せめてもの慰めにと、垣間見の機会をつくった猫を引き取って懐に抱くのでした。

髭黒の娘である真木柱との縁談をもちかけられても、柏木は見向きもしません。その後、真木柱は蛍《ほたる》兵《ひょう》部《ぶ》卿宮《きょうのみや》と結婚しますが、あまり大切にされず、幸せとはいえませんでした。

4年の月日が流れ、冷泉帝は東宮（朱雀帝の子）に譲位し、明石中宮が産んだ皇子が東宮となりました。女三の宮は二品《にほん》*1に昇格し、源氏はますます丁重に扱わざるを得なくなりました。自分の立場の不安定さを思って苦しむ紫の上は、出家を望みますが、源氏は許しませんでした。

朱雀院の五十賀《ごじゅうのが》に際して女楽《おんながく》*2が計画され、源氏は朱雀院に頼まれて女三の宮に琴の琴を教えます。

女三の宮は上達して立派な演奏を披露し、紫の上は、源氏との生活の中で、教わらずに自然に身につけた和琴や箏《そう》*3の琴《こと》を演奏しました。

その後の源氏不在の夜、紫の上は発病します。療養のために二条院に移った紫の上を、源氏がつきっきりで看病すると、何とか小康《しょうこう》を得ました。

柏木は中納言に昇進し、女三の宮の姉、女二の宮（落葉《おちば》の宮《みや》）と結婚しましたが、女三の宮が忘れられません。源氏の不在に乗じ、女房の手引きで女三の宮の寝所に忍び込み、思いを遂げました（左頁参照）。

この逢瀬で女三の宮は懐妊してしまいます。柏木が女三の宮に送った手紙を見て事情を知った源氏は、憤るとともに、過去の自分の過ちを内省します。

さまざまな事情で延期していた朱雀院の五十賀《ごじゅうのが》が12月に決まり、試楽が行われました。出席した柏木は、源氏から痛烈な皮肉を言われて震え上がり、恐怖のあまり重病になってしまいました。

用語解説

＊1 二品 律令制で一品から四品まである親王の位のうち第二等。
＊2 女楽 女性だけで、または女性が中心となって行う演奏会。
＊3 箏の琴 柱がある十三絃の琴。

柏木、女三の宮の寝所に忍び込む

女三の宮の乳母の娘の手引きで女三の宮の寝所に忍び入り、思いを遂げる。

乳母の娘には「ただ思いを伝えるだけだ」と詭弁《きべん》を弄した。

光源氏は二条院《にじょういん》で病に臥《ふ》している紫の上を看病しており、不在にしていた。

柏木の情念と繰り返す密通の悲劇

柏木と女三の宮の密通は、藤壺と光源氏の密通を想起させる。

因果応報ともいえるこの出来事は、のちに続く困難な物語のはじまりともいえる。光源氏は、自らの身を振り返り桐壺帝に思いをはせると同時に、二人の不義を引き受けることで深く苦悩する。

光源氏に絶対的な栄華だけでなく重苦しい苦悩を背負わせることで、神話の英雄のような絵空事ではなく、より人間味のある存在になっていく。

光源氏と柏木それぞれの「密通」の結末

光源氏		柏木
藤壺 ▶ 冷泉帝を守るために出家。	相手	女三の宮 ▶ 精神を病み出家。
桐壺帝 ▶ 二人の関係を知らなかった模様。皇子の誕生を喜んでいた。源氏はのちに「知られていたかも」と回想。	相手の夫	准太上天皇(光源氏) ▶ 密通の事実に気づき、怒りに震えて苦悩する。
冷泉帝 ▶ やがて出生の秘密を知って、光源氏に栄華をもたらす。	子	薫 ▶ 父・柏木を早くに亡くし、やがて出生の秘密を知る。

二つの密通のもっとも大きな違いは、この事実が相手の夫に露呈しているか否かという部分にある。

平安時代の建物「寝殿造《しんでんづくり》」

平安時代の貴族の邸宅の建築様式を「寝殿造」と呼ぶ。大きな特徴は、壁などの仕切りが少なく、開放的だった点。室内設備もなく、襖《ふすま》や几帳、御簾など移動可能な家具で部屋を仕切っていた。敷地は原則として公卿以上が一町《いっちょう》（約10,000㎡）、それ以下の者は敷地も狭く、このような多くの建物はなかった。

藤原氏の邸宅だった東三条殿の再現図

1. **寝殿** 主人の起居する中心的建物。
2. **北《きた》の対《たい》** 対《たい》の屋《や》の一つで北側の建物。
3. **細殿《ほそどの》** 細長く、几帳などで仕切って、女房などの居室として使用。
4. **東北対** 東北側の対の屋。
5. **東対** 東側の対の屋。
6. **渡殿** 寝殿と対の屋を行き来するための渡り廊下。居室としても使用。
7. **侍所《さむらいどころ》** 貴族の護衛官だった侍の詰め所。
8. **東四足門《ひがしよつあしもん》**
9. **車宿《くるまやどり》** 牛車を置いておく場所。
10. **東中門**
11. **西四足門**
12. **西随身所《にしずいじんどころ》** 主人の警護や行列への随行を職務とした随身の詰め所。
13. **西中門廊**
14. **西中門**
15. **釣殿《つりどの》** 中門廊の先端に、池に臨んでつくられた建物。納涼・供宴に用いられた。

寝殿内部

主人の居室だった寝殿は、中央部の母屋《もや》と、その四方を囲む廂《ひさし》からなり、さらにその周囲に簀子《すのこ》という濡《ぬ》れ縁《えん》が造られていた。下の図は「五間四面《ごけんしめん》」の寝殿。「間」とは柱と柱の間隔で、約3ｍ程度だが屋敷によって異なる。廂はいまでいう廊下のように見えるが、几帳などで仕切り、部屋として使用した。廂の外周を扉や蔀《しとみ》といった建具で覆い、夜は閉じ、昼間は開放した。

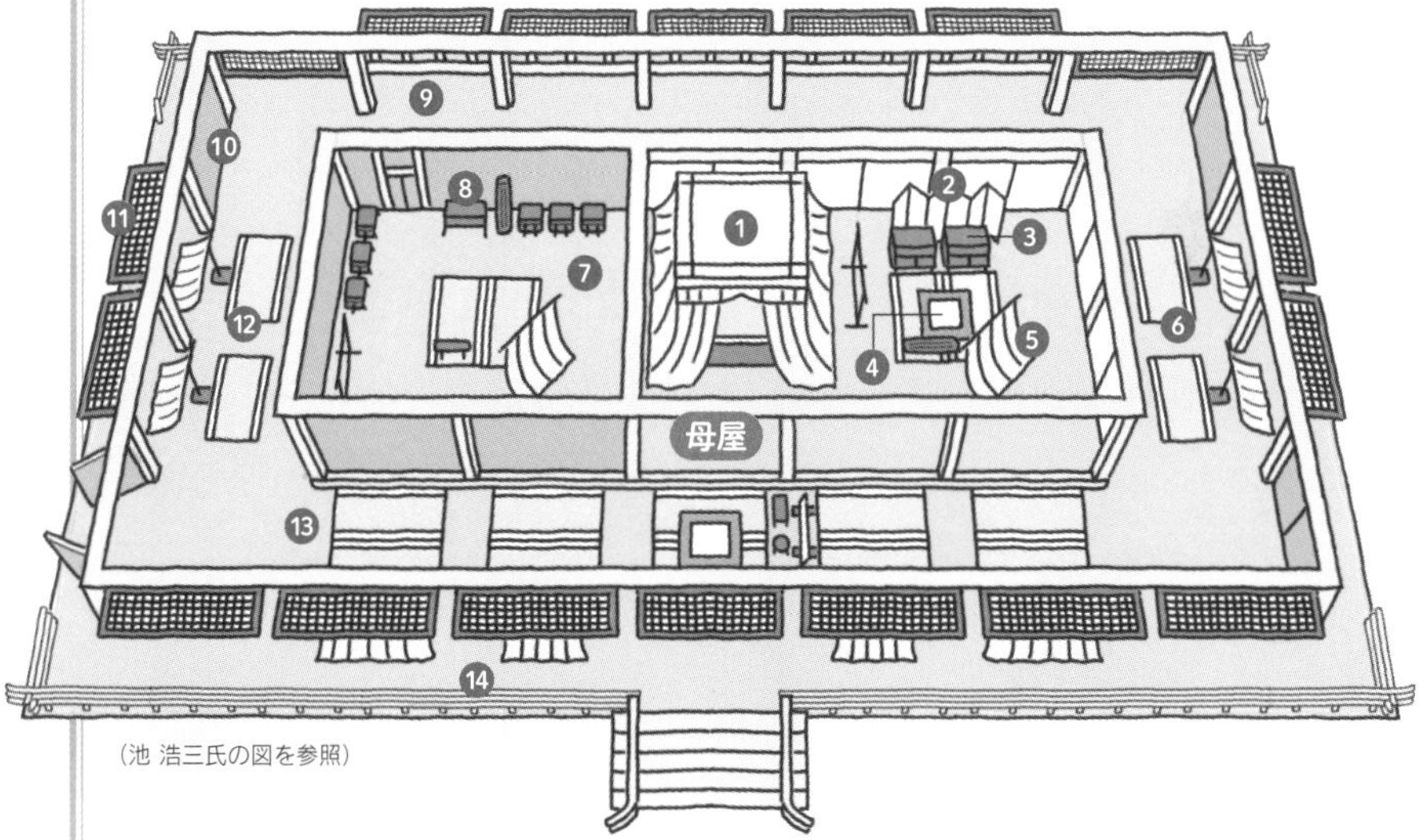

（池 浩三氏の図を参照）

❶ 御帳台《みちょうだい》　母屋に設けられた主人の座所や寝所。

❷ 屏風《びょうぶ》

❸ 二階厨子《にかいずし》　殿造りの室内家具で、2段になった棚の下に両開きの扉をつけた脚つきの戸棚。冊子や日用品を入れた。

❹ 茵《しとね》　座るときに敷く四方形の敷物。寝るときの敷物は「褥」と書く。四方の縁を錦などで囲っていて、錦は五位以上が黄絹、六位以下は紺布と決まっていた。

❺ 几帳　2本のT字型の柱に薄絹を下げた間仕切りの一種。薄絹を縫い合わせたもの。

❻ 東廂

❼ 塗籠《ぬりごめ》　母屋の一角の周囲を壁で塗り込めて造った部屋。平安後期は納戸として使用された。

❽ 二階棚　日用品などを置く。

❾ 北廂

❿ 妻戸《つまど》　両開きの板の扉。妻戸の外は簀子で、内側の廂には許可を得てから入る。

⓫ 格子《こうし》　廂の周囲に設けた黒塗りの建具。細い木を格子状に組み立てたもの。一枚格子と二枚格子があり、二枚格子は上の格子を外側に上げて開けた。

⓬ 西廂　⓭ 南廂　⓮ 簀子

不義の子の誕生と柏木の死

巻名
柏木《かしわぎ》・横笛《よこぶえ》・鈴虫《すずむし》

夕霧に託して他界（柏木）

柏木の病状は回復しないまま、年が明けました。死を覚悟した柏木が女三の宮に文を送ると、情けのある返歌があり、柏木は涙に濡れながら「煙となってもおそばを離れません」と返しました。

その後、女三の宮は、柏木との間の子（表向きは源氏の子）である男児（薫《かおる》）を出産しました。女子であったら、顔を人目にさらさなくてすむのにと、源氏は嘆きました。表向きは源氏の子の誕生なので、多くの人から盛大な祝いが届きます。

うわべは取り繕う源氏でしたが、心から子を慈しむ様子もないのを見た女三の宮は、事情が知られていることを察し、出家したいと申し出ます。源氏は反対しましたが、結局、朱雀院によって出家を果たします（左頁参照）。

すると物の怪が出現し、「源氏が紫の上を取り戻したのが妬ましくて、女三の宮を出家させたのだ」と語ります。例の六条御息所の死霊でした。

女三の宮の出産と出家を知った柏木は、ますます衰弱しました。見舞いに訪れた夕霧に、事情は語らないまま、源氏の怒りを解いてくれるよう懇願し、妻である落葉の宮を、折に触れて訪ねてほしいと頼んだあと、柏木は亡くなりました。

3月、薫の生後50日の祝いが行われました。柏木そっくりの薫と尼姿の女三の宮を前に、源氏は複雑な思いに襲われ、薫の行く末を案じました。

柏木にあとのことを託された夕霧は、落葉の宮を見舞い、「柏木と同じように考えて、頼って欲しい」と告げ、その後も頻繁に訪ねるのでした。

秋になると、薫は這《は》うようになりました。

出家を望む女三の宮

女三の宮は柏木の子を出産し、光源氏に疎《うと》まれたと感じて出家を望む。

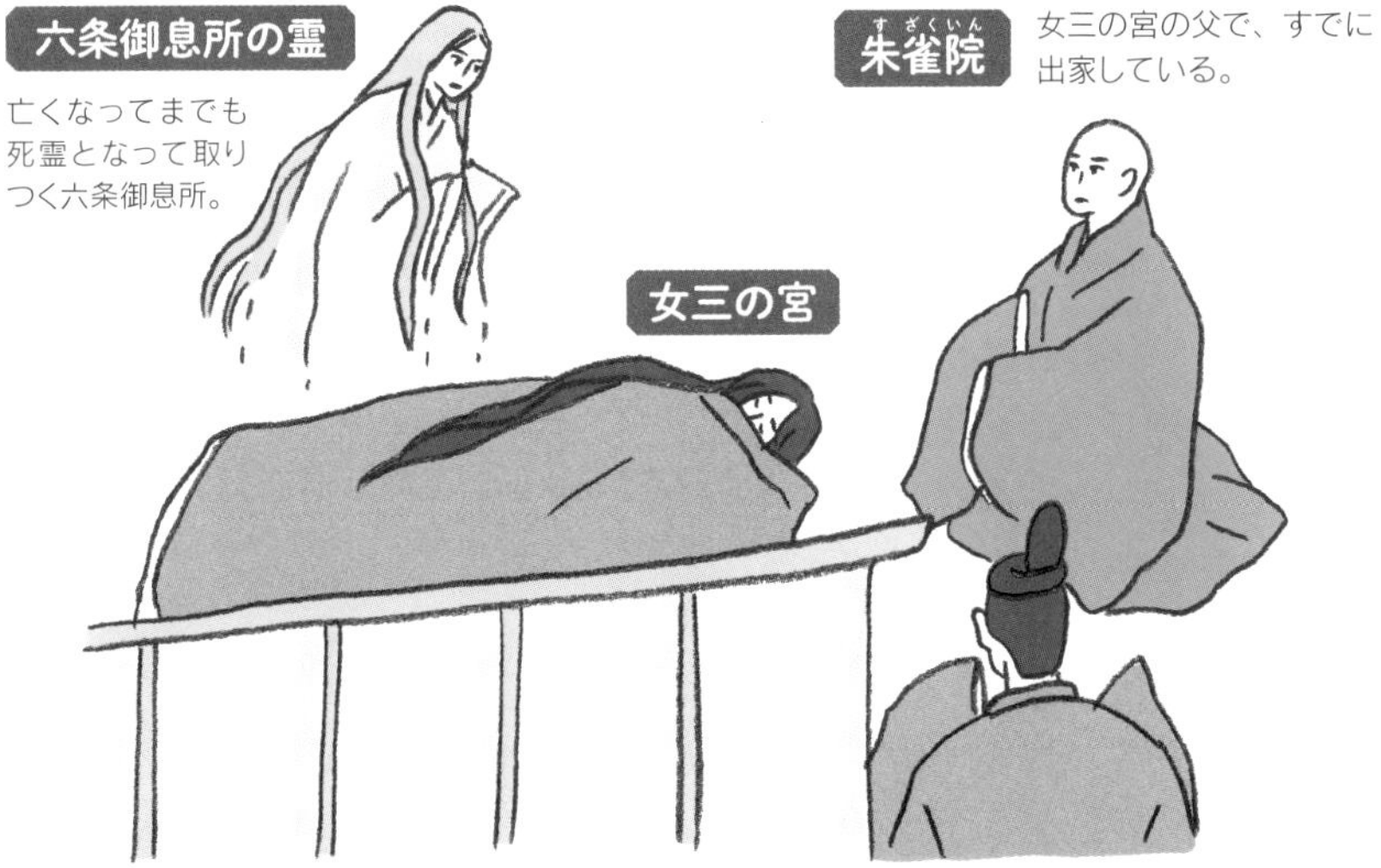
六条御息所の霊
亡くなってまでも死霊となって取りつく六条御息所。
朱雀院《すざくいん》
女三の宮の父で、すでに出家している。
女三の宮

物の怪と化した六条御息所

『源氏物語』の中では、異常な出来事を物の怪のせいであるとする場面が多々ある。

その中で名指しで語られるのが六条御息所。生前も死後もそれぞれ物の怪として、光源氏の周囲の女性に取りつき、出家させたり殺してしまう。娘の秋好中宮も、その噂を聞き心を痛めるほどだった。

物の怪として現れる六条御息所

生霊	(夕顔に取りつき殺す)	(夕顔の巻)	(六条御息所か定かではない。)
生霊	葵の上に取りつく	葵の巻	取りつかれた葵の上は、六条御息所の声色で光源氏に語りかける。
			加持祈祷の際に焚かれた芥子《けし》の香が、六条御息所の体から落ちない。
死霊	紫の上に取りつく	若菜下の巻	祈祷により、よりまし(呪術などで一時的に霊を乗り移らせる子どもや人形)の童に移った物の怪が、光源氏に恨み言を訴える。
死霊	女三の宮に取りつき出家させる	柏木の巻	物の怪自身が「以前は紫の上についていたが取り返されたので、今度は女三の宮についた」と語る。

娘である斎宮の将来を光源氏に託して病死。
澪標の巻

芥子はカラシナの実。調伏の際には、護摩《ごま》の火の中に芥子の実を入れた。

笛を渡す相手は？（横笛）

柏木の一周忌が営まれ、人々は柏木を亡くした悲しみを新たにします。

手厚く供養する源氏や夕霧に、柏木の父、致仕《ちじの》[*1]大臣《おとど》（昔の頭中将）は感激しつつ、人望のあった息子の死を惜しむのでした。

夕霧は秋の夕暮れ、落葉の宮とその母の一条御息所《いちじょうのみやすどころ》を訪ねます。月空に雁《かり》が列をなす様子に風情を感じ、夕霧は琵琶で「想夫恋《そうぶれん》」という曲を弾き、落葉の宮も琴で応じます。その夜、夕霧は、一条御息所から柏木の形見の横笛を託されました。

夕霧が帰宅すると、夫が落葉の宮のところに行くことを不満に思う雲居雁は、寝たふりをしています。美しい月を見ない無粋な妻に興ざめした夕霧は、柏木のことを思いながら眠りにつきます。

すると、夢に柏木が現れ、「自分が笛を贈りたいのは別人だ」と告げます。

笛の扱いに悩んだ夕霧は六条院を訪れ、ふと薫を見て、その面ざしから「柏木の子では」と疑います。源氏に笛のことを相談し、その疑いも口にしますが、源氏はあいまいに答え、理由をつけて笛を預かりました。

秋の管絃の催し（鈴虫）

翌年の夏、出家した女三の宮の持仏開眼供養《じぶつかいげんくよう》[*2]が、源氏、紫の上の尽力で盛大に行われました。

8月15日、源氏は女三の宮のもとで琴の琴を弾いていました。そこに、蛍兵部卿宮《ほたるひょうぶきょうのみや》や夕霧たちも訪れ、鈴虫の音を聴きながらの管絃の催しとなりました。その後、冷泉院からの使者が来て、皆で参上して漢詩や和歌に興じました。

帰りに源氏が秋好中宮を訪ねると、中宮は、死霊となって成仏できずに苦しむ母・六条御息所の慰霊のため出家したいと源氏に打ち明けます。源氏はそれを強く引き留めるのでした。

用語解説

＊1 **致仕大臣**　大臣の職を辞した人。

＊2 **持仏開眼供養**　持仏は身辺に安置して、朝夕礼拝する仏像のこと。開眼供養は、新しくできあがった仏像を安置する際の儀式。

平安貴族とペット

平安貴族もペットを可愛がっていた。犬や猫は生活の補助役としての時代を経て、権力の象徴となっていく。中国から珍しい種類の犬や猫が輸入されるようになったのだ。とくに平安時代は貴族の間で猫を飼うことが流行した。ここでは、平安貴族のペットにまつわる逸話を紹介しよう。

宇多天皇と猫

第59代宇多天皇《うたてんのう》は稀代の猫好きとして知られている。天皇在位中の日記『宇多天皇御記《うだてんのうぎょき》』（『寛《かん》平御記《びょうぎょき》』ともいう）には、飼っている黒猫の体長・体高からしぐさまで細かく観察し記述されている。「うちの猫の毛色は漆黒のように美しい」、「俊敏な動きはまるで雲の上の黒龍のようだ」。この記事は『源氏物語《げんじものがたり》』の室町時代の注釈書『河海抄《かかいしょう》』に引用されて今日に伝わる。

一条天皇と猫

第66代一条天皇は、飼い猫が産んだ子猫のために、「産養い」の祝宴を設けた。産養いは通常、人間の子どもが生まれた初夜から9日目までに行う祝い事。この祝宴には一条天皇の母と、左大臣の藤原道長、右大臣の藤原顕光《ふじわらのあきみつ》らも呼ばれた。子猫は「命婦《みょうぶ》の御許《おもと》」と名づけられた。「命婦」は従五位下以上の位階を有する女性で、「御許」は高貴な女性の敬称である。さらに、子猫に乳母までつけた。この猫を襲った犬の「翁まろ」が打たれた話は『枕草子《まくらのそうし》』で有名。

藤原道長と孔雀《くじゃく》

海外からの献上品として、孔雀は飛鳥時代ごろから何度か贈られていて、天皇とその周囲の限られた人しか見ることができなかった。藤原道長は第67代三条天皇《さんじょうてんのう》の左大臣時代に孔雀を下賜され、自宅の庭で飼っていた。まさに道長の栄華のほどを彷彿とさせる。

思いどおりに行かない夕霧の恋

巻名　夕霧《ゆうぎり》

落葉の宮から拒絶される

真面目で誠実と評判の夕霧でしたが、柏木の遺言に従って、頻繁に訪ねていた未亡人の落葉の宮に、次第に心惹かれていきました。

落葉の宮は、母の一条御息所が病気になったので、その治療のため、[*1]小野《おの》の山荘に移り住むことになりました。落葉の宮への思いを抑えきれない夕霧は、御息所の見舞いと称して山荘を訪れます。そこで応対する落葉の宮に自分の気持ちを打ち明けますが、落葉の宮は困惑するばかりで受け入れようとしません。

それでも夕霧は離れがたく、落葉の宮の傍《かたわ》らで一夜を過ごします。関係はもたなかったものの、夜明けに帰る夕霧の姿を[*2]律師《りっし》に見られ、その話が御息所に伝わりました。

二人が関係をもったと思い込んだ御息所は、今夜は来ない様子の夕霧の文に動揺し、自ら返事をしました。「[*3]結婚2日目なのだから、今夜も訪れるのが礼儀でしょう」という意味を込めた文でした。夕霧が訪れないことをなじる文ではありますが、結婚を許す意味にもなるものでした。

ところが、その文を夕霧が見ようとしたところで、夕霧の妻である雲居雁が後ろからすばやく奪い、隠してしまいます。夕霧はあきれ、あれこれと言い訳や叱責をしながら、返すように言いますが、雲居雁は聞き入れません。

夕霧が文を探し出せたのは翌日の夕方でした。夕霧は慌てて先夜は何事もなかったと返事をしますが、すでに御息所は、夕霧の返事も訪問もないことに絶望し、嘆き悲しんでいました。

用語解説

＊1 **小野**　比叡山の西の麓にある里。
＊2 **律師**　僧正（そうじょう）、僧都に次ぐ僧官。
＊3 **結婚2日目**　最初の3日続けて通うことで正式な結婚となるとされていた。

夕霧と雲居雁が繰り広げる夫婦喧嘩

嫉妬した雲居雁が文を奪い取る。

雲居雁
国宝絵巻では肌着である単《ひとえ》姿で描かれる。雲居雁の優美なたしなみを忘れた様子がうかがえる。
夕霧
硯箱
国宝絵巻では、返歌のためか夕霧の前には硯《すずり》箱が描かれている。

"まめ人"夕霧の喜劇的な物語

原文 まめ人の名をとりてさかしがりたまふ大将……

訳 堅物という評判をとって品行方正を標ぼうなさる大将……

鑑賞 右は、夕霧の巻冒頭で、揶揄《やゆ》するように夕霧を評している部分。ここに書かれるとおり、夕霧は堅物で真面目な人柄であった。だからこそ、初恋の相手・雲居雁への思いを貫き通し、内大臣の反対も乗り越えて結婚することができたともいえるが、真面目な男の浮気はたちが悪い。

ポイント 上段の場面では、雲居雁は一条《いちじょうの》御息所《みやすどころ》の文を愛人からの文だと勘違いして奪い取るが、じつは当の夕霧は、落葉の宮に迫るも結局関係をもてずに終わっていた。さらに、怒った雲居雁が文を隠してしまい、夕霧はすぐに返事を出すこともできない。夕霧の巻は、誤解が重なり不本意な不幸が次々と夕霧を襲う、一風変わった滑稽《こっけい》な恋の巻ととらえることができる。

苦労してついに思いを遂げる

落葉の宮が夕霧と関係したうえ、不誠実な扱いを受けたと思い込み、悲嘆に暮れた御息所は、病が悪化し、そのまま息絶えてしまいました。

知らせを聞いて驚き、弔問に訪れた夕霧から挨拶をされても、落葉の宮は返事もしません。「母はこの人のせいで亡くなったのだ」と思い、以前に増して拒絶するのでした。

急なことで簡素になりそうだった御息所の葬儀は、夕霧の計らいで盛大なものとなりました。

夕霧の恋の行方を心配する源氏は、「若いころの自分と違い、夕霧は冷静で分別があると誇りに思っていたが……」と複雑な気持ちを抱えつつ、「口出しはできない」と考えます。

紫の上に「自分の死後が心配だ」というと、紫の上は顔を赤らめ、「私を残していくおつもりでしょうか」と思い、「女ほど身の処しかたが難しいものはない」とつくづく考えるのでした。

夕霧を拒み続ける落葉の宮は、父の朱雀院に出家したいと話しますが、朱雀院から「もう少し考えてみなさい」と諫《いさ》められます。

あくまでも夕霧を拒む落葉の宮ですが、母亡きあと、頼る人もいない小野の山荘に居続けることもできず、結局、夕霧の勧めにしたがって帰京し、もといた一条宮《いちじょうのみや》に戻ります。

一条宮に戻ってからも、落葉の宮は訪ねてきた夕霧に会おうとせず、＊1塗籠《ぬりごめ》に閉じこもっていましたが、それも長くは続かず、ついに夕霧と契りを結びます。

雲居雁は怒って、子どもたちを連れて父の致仕大臣のいる実家に帰ってしまいます。夕霧はそこへ迎えに行き、何とか説得して雲居雁を連れ戻しました。

夕霧と雲居雁の間には、七人もの子がありました。一方、夕霧は＊2藤典侍《とうのないしのすけ》との間にも五人の子がおり、子だくさんでした。

用語解説

＊1 塗籠 四方を壁で塗り込めた部屋。寝室や納屋として使われた。
＊2 藤典侍 夕霧が雲居雁と引き裂かれていたときに心惹かれた惟光（源氏の乳母子）の娘で、五節の舞姫となったあと典侍となった。

貴族の手紙文化

貴族の通信手段は手紙で、「消息《しょうそく》」や「文《ふみ》」と呼ばれていた。手紙のやり取りは社交面と恋愛面で大きな役割を果たした。

手紙の贈答は、雅であることが求められ、教養とセンスが試された。

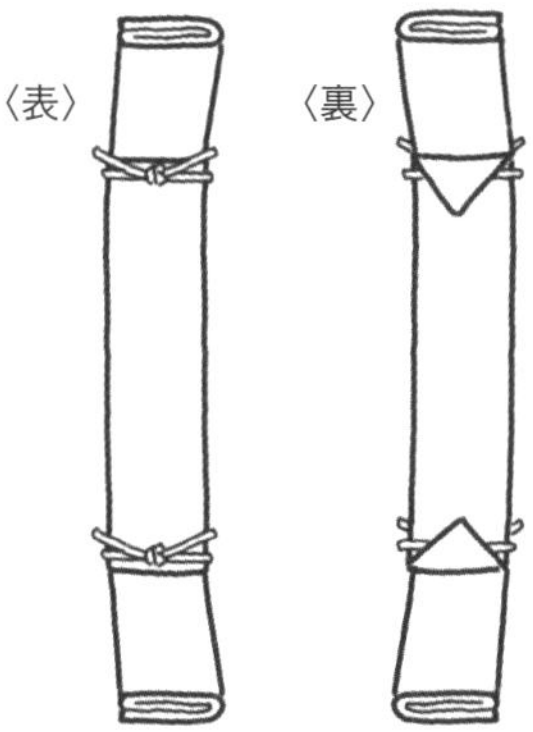

立て文

立《た》て文《ぶみ》は、儀礼の際にも使われた正式な手紙。文章を書いた紙を礼紙《らいし》で巻き包み、さらに白い包み紙で包み、余った上下を裏側に折る。なお、余った上下を折る代わりに、捻《ひね》ることもあり、これは「捻り文」と呼ぶ。

結び文

結《むす》び文《ぶみ》は、正式な「立て文」「捻り文」に対して、略式の手紙。細く巻き畳んで、端、あるいは中央あたりを折って結ぶ。打ち解けた内容や、恋文はこの形で送ることが多かった。

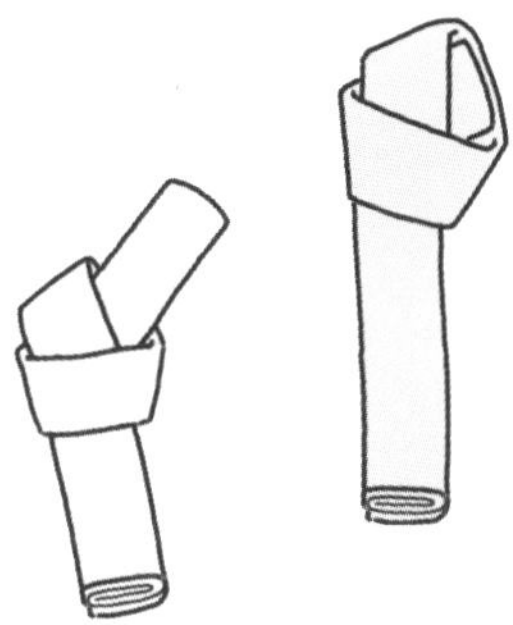

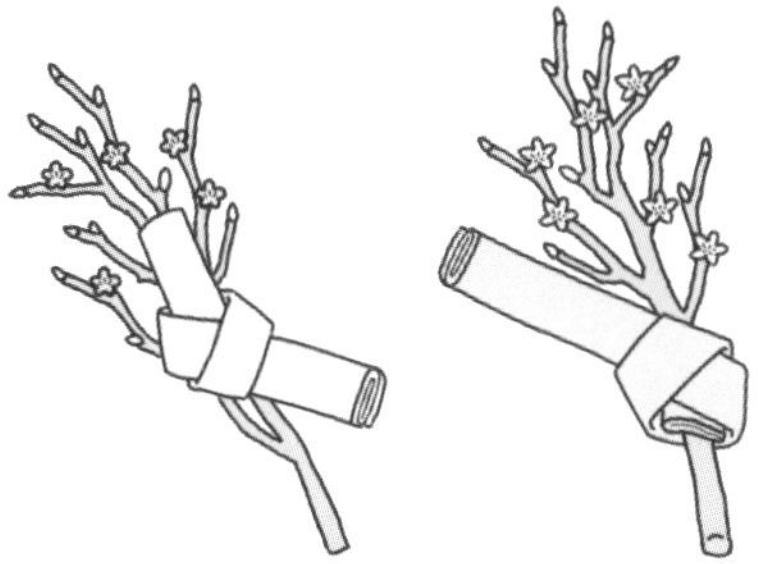

折枝《おりえだ》（季節の花がついた草木の枝）に結んで差し出すことも多かった。配色にも気を使い、草木は紙の色と合わせて選ぶのがよいとされた。

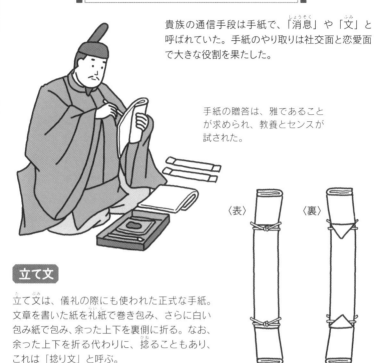

最愛の妻、紫の上との別れ

巻名
御法《みのり》・幻《まぼろし》

消えゆく露のように（御法）

紫の上は、以前、大病してからというもの、体調の思わしくない日が続き、出家を望みますが、源氏は許しません。死期が近いと悟った紫の上は、二条院で法華経千部供養《ほけきょうせんぶくよう》[*1]を行いました。

さらに、これまで縁の深かった明石の君や花散里、明石中宮の子どもたちとも秘かに別れを告げました。明石中宮の子である匂宮《におうみや》が、父母よりも好きな紫の上がいなくなったら「嫌だ」と目をこすって泣く様子がかわいいので、紫の上は微笑みながら涙を流し、「大人になったらここに住み、紅梅と桜を愛でてくださいね」と頼むのでした。

秋、里下がりしていた明石中宮が宮中に戻る前に、紫の上に会いにきました。脇息《きょうそく》にもたれる紫の上のもとで、源氏とともに三人で歌を唱和[*2]しました（左頁参照）。それぞれが歌を詠み終えたのち、紫の上は二人に退出を促しました。

中宮が泣きながら手を取って見ると、紫の上の様子は、まさに消え行く露のようでした。そのまま紫の上は、夜が明けるころに亡くなりました。

紫の上が亡くなって、野分のときの垣間見以来、初めて紫の上に接した夕霧は、そのあまりの美しさに、涙に暮れながらも感動し、できることならいつまでも、この亡骸《なきがら》に魂が留まっていてほしいと願うのでした。

源氏はその日のうちに葬儀を営みました。足もとがおぼつかない源氏が人に支えられているので、「あれほど立派な方が」と、人々の涙を誘います。源氏は悲嘆に暮れつつ、出家を思いながら仏道修行に励みました。

用語解説

＊1 法華経千部供養　8巻で一部の法華経を1000部写経して行う供養のこと。紫の上はかねて個人的な発願として、多くの人に写経を依頼していたが、それを急がせて法要を行い、出家できない自分の死後の冥福を祈った。

＊2 （和歌の）唱和　三人以上で和歌を詠み交わすこと。

死期を予感する紫の上と悲しみに沈む光源氏ら

紫の上は、明石中宮《あかしのちゅうぐう》や光源氏に見守られながら亡くなった。

帝の妻である明石中宮は紫の上より格上の存在。また、当時、中宮や帝は重病者や死者に接するのは禁忌《きんき》であった。そういったことも憚《はばか》らず紫の上を見舞う明石中宮からは、理想的な継母子関係が見て取れる。

紫の上を死へ追いやったもの

原文（夕霧の巻より）

女ばかり、身をもてなすさまもところせう、あはれなるべきものはなし

訳 女ほど身の処しかたも窮屈で、悲しいものはない

鑑賞 自身の死後、紫の上がどうするのか気がかりだと話す光源氏に対する紫の上の言葉。

ポイント 幼少のころに出会い、藤壺の身代わりという側面を抱えながらも光源氏の愛を一身に受けてきた紫の上。

女三の宮の降嫁《こうか》などにより夫婦関係のズレや周囲からの重圧が生じ、生き難さを感じるようになる。最後の望みであった出家も許されず、やがて病にかかるのだった。

光り輝く光源氏の最後

幻《まぼろし》の巻の最後には、自らの不義やさまざまな苦悩を背負い、周囲の人々の死や出家に向きあう中で成熟した光源氏のまばゆい姿が描かれている。

未練や執着を断ち切るように紫の上からの文を焼却する光源氏（『源氏物語絵色紙帖 幻』／京都国立博物館）。

源氏は服喪ののち出家（幻）

年が明け、春がめぐってきても、源氏の悲しみは癒えません。訪れた弟の蛍兵部卿宮にわずかに会う程度で、服喪の日々を送ります。

源氏は、紫の上に仕えた女房たちを相手に、思い出話をしながら紫の上を偲びます。自分が紫の上を嘆かせた出来事が思い出され、後悔に襲われます。

ことに、女三の宮が六条院に来たころの紫の上の様子をいまさらながらに女房たちから聞いては、当時の紫の上の哀しみを思い知らされます。

匂宮が紫の上の遺言を守り、紅梅や桜の様子を気にかけるのがかわいく、わずかに心慰められます。しかし、深まる春の風景を見ると、春を愛した紫の上が思い出され、また悲しみが募ります。

夏になり、秋が来て、冬になっても、それぞれの季節の紫の上との出来事が思い出されます。季節がめぐるごとに、ごく親しい人々だけと和歌を詠み交わしながら、静かな日々を送りました。

こうして1年あまり、世間との交流を断って過ごした源氏は、年の瀬が近づくと、人目に触れると困る文を処分しました。

須磨にいた時代に紫の上から来た文は、別にして結わえてありましたが、それも身近な二、三人の女房に破り捨てさせました。そうしていても涙がこぼれるので、最後は文をよく見もせずに、皆焼かせてしまいました。

紫の上が亡くなってからほぼ1年間、人前に姿を現さなかった源氏は、12月、1年の罪を懺悔《ざんげ》する*1仏名《ぶつみょう》の法会《ほうえ》に出席しました。*2導師《どうし》が退出する際、普段のしきたりよりも格別丁寧に杯を賜り、歌を詠み交わしました。

その源氏の姿が、昔にも増して光り輝いていたので、年老いた僧は涙が止まらなくなりました。

源氏は人生の終わりを察して出家を願い、世俗で迎える最後の正月の準備を入念に行うのでした。

用語解説

＊1 仏名の法会　年中行事の一つで、陰暦12月に過去・現在・未来の三千仏の名前を僧侶が交代で唱え続け、その年の罪を浄化する。

＊2 導師　法会や供養などの際に中心となってとり行う僧。

※幻の巻のあとに巻名のみで本文が伝存しない「雲隠（くもがくれ）」がある。巻名に源氏の死が暗示されているが、元々本文はなかったとの説もある。なお宿木の巻には、出家の数年後、嵯峨に隠棲して崩御したことが記されている。

平安貴族の髪形

平安貴族の代表的な髪型は以下のとおり。また、女児は髪を肩のあたりで切りそろえ、左右に分けて垂らした振り分け髪が一般的だった。

冠下髻《かんむりしたのもとどり》(男性)

成人男性貴族が結うスタイルで、束ねた髪を頭上で折り曲げ、先端を頭の上へもってきて、紫の紐で結んでいた。これは冠を被るためで、束ねた髪を冠に収めていた。

垂髪《すいはつ》(女性)

女性貴族の髪はまっすぐで長いことが美とされたため、自分の身長より長いのが普通だった。平安後期に書かれた『大鏡《おおかがみ》』には藤原道長の娘たちの髪の長さについて書かれていて、身長より30㎝ほど長い娘もいた。

みずら

元服前の男児の髪型。髪を頭の中央から左右に分け、両耳のあたりで先を輪にして緒で結んだもの。平安時代の前は成人男性の髪型だったが、平安時代から少年の髪型になった。

就寝時の女性の髪

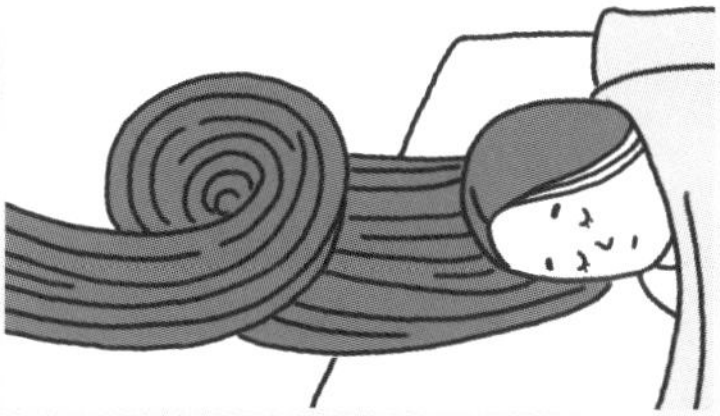

女性たちは眠るときは、長い髪を結ぶこともなく、上へ投げ出していた。大部屋でともに寝ていた下級女官たちの夜の部屋は髪の毛で埋め尽くされていたかもしれない。

紫式部ってどんな人？

vol.2

宮中に仕えた紫式部が描いた『源氏物語』の世界

夫の没後より執筆をはじめる

75ページで述べたように、紫式部が宮中に仕えるようになるのは、夫である藤原宣孝《ふじわらののぶたか》の病没後、数年経ってからです。おそらく30歳代のことになります。

すでに紫式部は宣孝の死の直後から、悲しみを紛らわすかのように、物語を書きはじめたといいます。これが、54巻からなる大作『源氏物語』のはじまりです。

制作中の物語が評判となり、紫式部は藤原道長《ふじわらのみちなが》に推挙されたのか、一条天皇《いちじょうてんのう》の中宮《ちゅうぐう》、彰子《しょうし》のもとに仕えるようになります。年代でいうと１００５～１００６年ごろ。

紫式部は、宮仕えしながら『源氏物語』を書き進めました。藤原道長の支援もあったといいます。全体が完成した時期についてはさまざまな説があり、現在も確実なところはわかっていません。紫式部のもう一つの著作である『紫式部日記』に、１００８年に藤原公任《ふじわらのきんとう》に「このあたりに若紫《わかむらさき》はいますか」と声をかけられたという記述があることから、このころには紫の上の一連の物語はだいたい知られていたという説が有力です。

フィクションとノンフィクション

『源氏物語』は、「物語」とあるように、あくまで

「石山寺の紫式部」（歌川広重〈3代目〉）

もフィクションです。しかし紫式部は、何代か前の天皇の時代の歴史や、宮中という現実の世界でのさまざまな出来事をたくみに取り込んで筆を進めていくのです。

石山寺と平安時代の女流文学者

紫式部といえば、琵琶湖《びわこ》のほとり、滋賀県大津《おおつ》市にある石山寺《いしやまでら》を思い浮かべる人も多いことでしょう。紫式部が同寺で湖面に映る月を見て、『源氏物語』の一節を思いついたという伝説が遺《のこ》っています。

月のいとはなやかにさし出でたるに、
「今宵は十五夜なりけり」
と思し出でて、
殿上の御遊び恋しく……

須磨《すま》の巻、退去した須磨の地の月を眺める傷心の源氏を描いた場面です。

後代、紫式部が月を見上げながら筆をとっている姿が数多く絵画化されてきました。しかし、このエピソードは室町時代に制作された『源氏物語』の注釈書『河海抄《かかいしょう》』などに見られるもので、あくまでものちに語り継がれた伝説であり、事実とは考えにくいものです。

とはいうものの、都からも近く、風光明媚な地ですから、平安時代には、貴族がこぞって石山寺詣を行ったといいます。

石山詣を行った平安時代の有名な女性としては、『蜻蛉日記《かげろうにっき》』を著した藤原道綱母《ふじわらのみちつなのはは》、『和泉式部日記《いずみしきぶにっき》』で知られる和泉式部《いずみしきぶ》、『更級日記《さらしなにっき》』の作者菅原孝標女《すがわらのたかすえのむすめ》などが参籠《さんろう》したということが日記に記されています。これからすれば、紫式部も石山寺を訪れたこともあったのでしょう。

紫式部がこもり物語の着想を得たという伝承のある石山寺。

作者の素顔が描かれた『紫式部日記』

紫式部のもう一つの作である『紫式部日記』は、1008年から足かけ3年にわたり、主君の道長や彰子周辺で見聞きしたことや感想を記したものです。随所に紫式部自身の個人的な心情も見え、興味深いものです。

第三部

光源氏の子孫たち

光源氏没後、薫《かおる》と匂宮《におうみや》が時代の寵児に。
出生の秘密を察して厭世観《えんせいかん》を深める薫は、宇治に隠れ住む八《はち》の宮《みや》を慕う。
八の宮の娘の大君《おおいぎみ》、中《なか》の君《きみ》、浮舟《うきふね》に心を移す薫と、争うように絡み合う匂宮。
男性たちの欲望から逃れて自立する女性たちの物語が、ここに拓《ひら》かれる。

第三部
第42〜54巻

登場する主要な人物の相関図

＝ 夫婦・恋人　｜ 親子
▲ 故人　［ 兄弟姉妹

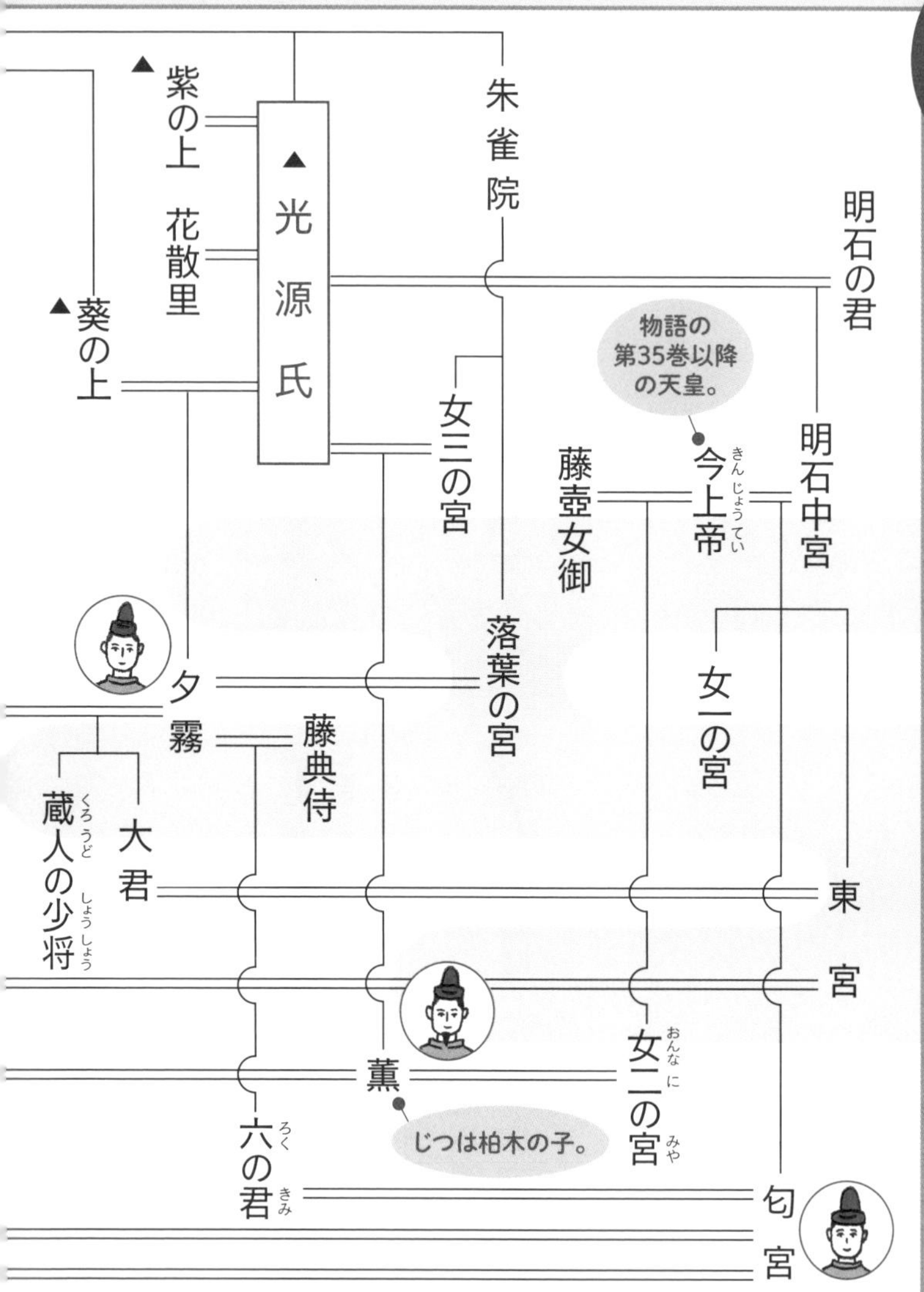

朱雀院
▲紫の上
▲光源氏
花散里
▲葵の上
明石の君
物語の第35巻以降の天皇。
女三の宮
藤壺女御
今上帝《きんじょうてい》
明石中宮
夕霧
落葉の宮
女一の宮
藤典侍
蔵人《くろうど》の少将《しょうしょう》
大君
東宮
薫
じつは柏木の子。
女二《おんなに》の宮《みや》
六《ろく》の君《きみ》
匂宮

8月中旬に亡くなる女性たち

『源氏物語』では、夕顔、葵の上、紫の上など、多くの女性たちが8月半ば、中秋の名月のころに亡くなります(陰暦なので8月は秋)。

『竹取物語《たけとりものがたり》』で、8月の十五夜に、かぐや姫が月に帰っていく場面を思わせる設定です。

このように、8月は光源氏にとって、大切な女性との別れの季節として描かれていますが、一方で、最愛の人である藤壺の死は春であり、宇《う》治《じ》の大君は冬に亡くなるなど、ことさらに強く印象づけられています。

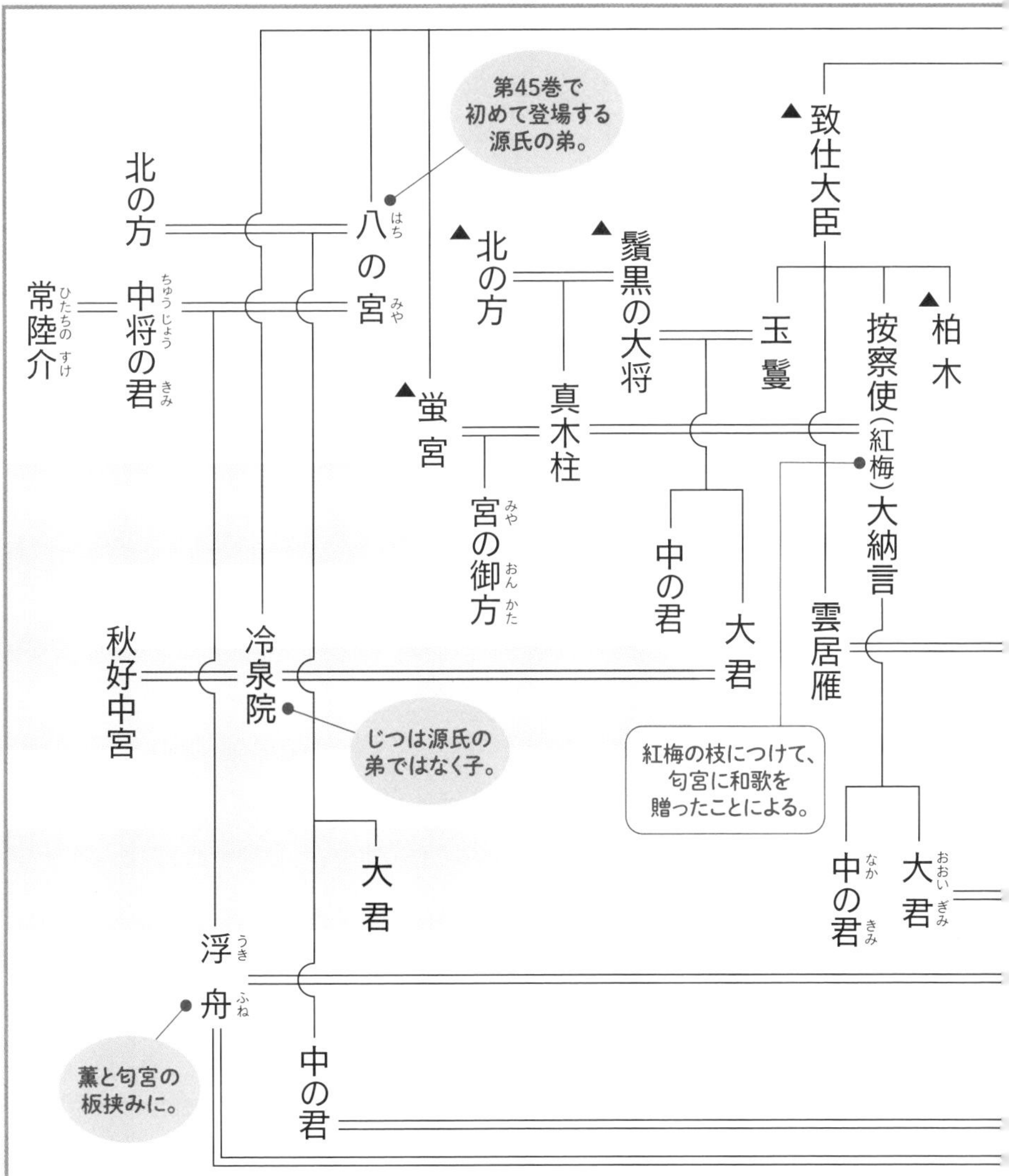

致仕大臣
北の方
八《はち》の宮《みや》
第45巻で初めて登場する源氏の弟。
北の方
鬚黒の大将
常陸介《ひたちのすけ》
中将《ちゅうじょう》の君《きみ》
蛍宮
真木柱
玉鬘
按察使(紅梅)大納言
柏木
宮《みや》の御方《おんかた》
中の君
大君
雲居雁
秋好中宮
冷泉院
じつは源氏の弟ではなく子。
紅梅の枝につけて、匂宮に和歌を贈ったことによる。
大君
中《なか》の君《きみ》
大君《おおいぎみ》
浮舟《うきふね》
薫と匂宮の板挟みに。
中の君

登場人物の得意な楽器

『源氏物語』には、琴や琵琶《びわ》を弾く場面がよく出てきます。琴には、もとから日本にあった和琴《わごん》、奈良時代に中国から伝わった箏《そう》、同じく中国から伝わった琴《きん》があります。

琴《きん》は演奏法が難しく、現実には平安時代中期にはすたれていましたが、『源氏物語』の中では、正統の人々に伝わる重要な楽器として大切にされています。

『源氏物語』では、登場人物によって得意な楽器が決まっています。頭中将（内大臣）やその息子である柏木は和琴の名手で、紫の上は箏を得意としています。明石の君や蛍宮は琵琶の名手です。

光源氏は演奏の難しい琴の名手で、若菜下《わかなのげ》の巻には、女三の宮に琴を教える場面が出てきます。

好対照の美しい二人の若者

巻名 匂宮《におうみや》・紅梅《こうばい》・竹河《たけかわ》

匂う兵部卿、薫る中将（匂宮）

源氏が亡くなったあと、その輝きを引き継げる者は、多くの子孫の中にもいませんでした。ただ、今上帝《きんじょうてい》[*1]の第三皇子で明石中宮が生んだ匂宮と、源氏（実際には柏木）と女三の宮の子である薫との二人が、それぞれに気品があって美しいと評判でした。

匂宮は紫の上から譲り受けた二条院で暮らし、元服後は兵部卿となりました。薫は源氏の配慮で冷泉院に認められ、14歳で元服して右近中将《うこんのちゅうじょう》となりました。

薫は、出生の秘密にうすうす気づいていることもあって、悩み多き日々を過ごしていました。生来の実直さに加えて、その憂いも加わって、華やかなことはあまり好みません。また、生まれつき、この世のものとは思えないような芳香を体から発していました。その芳香は百歩離れていてもわかるほどで、お忍びで出かけても、そこに薫がいるとわかってしまうのでした。

一方の匂宮は風流な色好みで、二人は対照的でした。匂宮は薫に対抗して、常にすぐれた香を衣に焚きしめていました。世の人々は、「匂う兵部卿、薫る中将」と並べ称してもてはやしました。

人々は、二人のどちらかを婿にしたいものだと噂しました。夕霧も、たくさんいる娘のうち、とくに器量のよい六《ろく》の君《きみ》（六女）を落葉の宮に預け、二人のどちらかと結婚させたいと考えていました。

正月十八日、宮中で賭弓《のりゆみ》[*2]が行われ、夕霧が六条院で還饗《かえりあるじ》[*3]を催すことになり、皆で牛車に乗って六条院に向かいました（左頁参照）。

用語解説

＊1 **今上帝**　当代の天皇。源氏物語においては登場する4番目の帝で、朱雀帝の第一皇子。

＊2 **賭弓**　平安時代の年中行事の一つで、正月十八日に左右の近衛府・兵衛府の武官らが弓を競い、天皇が観覧する。

＊3 **還饗**　賭弓で勝った側の近衛大将が自分側の射手を自邸に招いてもてなす宴。

※匂宮から竹河の巻の3巻を「匂宮三帖」と呼ぶ。

夕霧らが牛車で六条院へ向かう

正月、宮中での賭弓《のりゆみ》のあとの還饗《かえりあるじ》。

還饗 賭弓または相撲《すまひ》の節会《せちえ》の行事のあとで、勝ったほうの近衛《このえ》の大将《たいしょう》が自邸で自軍の人々をもてなすこと。この日は夕霧側が勝ったが、負けた側の薫《かおる》も六条院に誘った。

新たな二人の主人公登場

光源氏が亡くなり、物語には新たな主人公が登場する。柏木と女三の宮の子・薫と、今上帝《きんじょうてい》と明石中宮の子・匂宮だ。

幼いころからともに遊んできた二人。薫は自身の出生に疑問をもち、悩みを深めるが、冷泉院や秋好中宮、今上帝、夕霧、と周囲から大切にされ、順調に栄達を重ねていた。匂宮は薫以上に高貴な身分ではあるが、対抗心をもつ。

薫と匂宮、二人の主人公

薫		匂宮
柏木と女三の宮の子。表向きは光源氏の子として育つ。	血筋	今上帝と明石中宮の子。
実直で地位や名声には執着がない。	性格	情熱的で書や音楽など風流好き。女性関係は派手。
生まれつき香しい芳香を帯びている。	特徴	薫に対抗し、常に芳香を身につけている。

柏木の弟一家の話（紅梅）

柏木の弟、按察使大納言《あぜちのだいなごん》は、亡くなった妻との間に二人の姫君、大君《おおいぎみ》*1と、中の君《なかのきみ》*2がいました。

いまは、亡き蛍兵部卿宮の正妻だった真木柱と結婚し、宮の御方《みやのおんかた》という姫君もいます。真木柱との間に生まれた若君もいました。

宮の御方は琵琶の演奏に優れ、その奥ゆかしさに惹かれて、大納言はひそかに心を寄せています。やがて、大君は東宮妃として宮中に上がりました。

大納言は中の君を匂宮と結婚させたいと考えていたので、匂宮に紅梅に歌を添えて送り、結婚を申し入れます。

しかし、匂宮は宮の御方に心惹かれていました。

宮の御方は分別のつく年ごろで、実父を失った身の上で世間並みの結婚はできないと、結婚は諦めており、匂宮の求愛には応じません。それでも匂宮は、若君に頼んで宮の御方に文を送るのでした。

鬚黒の大将家のその後（竹河）

一方、鬚黒の大将との間に、三男二女をもうけた玉鬘は、夫が亡くなってから、娘たちの将来について悩んでいました。

大君は、帝からも冷泉院からも所望されていたからです。夕霧の息子である蔵人の少将も、大君に心惹かれていました。

玉鬘は迷ったのち、夕霧とも相談し、大君を冷泉院に参院させました。

やがて自分は尚侍を辞し、中の君を尚侍として宮仕えさせました。

大君は院との間に一男一女を産んだため、先に入内していた叔母、弘徽殿女御に妬まれて院にいづらくなり、里下りの機会が増えます。

玉鬘は、この結婚は失敗だったと嘆きました。

用語解説

＊1 **大君**　貴人の長女を敬って呼ぶ言葉。
＊2 **中の君**　貴人の次女を敬って呼ぶ言葉。

貴族の乗り物

貴族たちは、自分の足を使って出かけることはまれで、宮城内でも輿《こし》や車や馬で移動した。乗り物には格式があり、身分による使用規制があった。

輿

担ぎ手が肩で担ぐ「輦輿《れんよ》」は、人が乗る屋形に、長い棒（轅《ながえ》）を渡した乗り物。担ぎ手は賀輿丁《かよちょう》と呼ばれる朝廷に所属する下級職員。

鳳輦《ほうれん》 天皇が重要な儀式の際に乗用した輦輿。屋根に金色の鳳凰を飾った。

牛車《ぎっしゃ》

貴族の乗り物で最も一般的なのは、牛にひかせる牛車だった。

唐車《からぐるま》
上皇、親王、摂関など位の高い貴族が儀式のときに乗用。

半蔀車《はじとみぐるま》
摂関、大臣などが外出用に乗用。

＊このページの画像は『輿車図考附図』より（弘前市立弘前図書館）

匂宮・薫と宇治の姉妹の姫君

巻名
橋姫《はしひめ》・椎本《しいがもと》

薫、出生の秘密を知る（橋姫）

世間から忘れられていた源氏の弟、八《はち》の宮《みや》は、二人の娘とともに宇治《うじ》にこもり、出家はしていないものの、宇治の阿闍梨《あじゃり》*1に学んで仏道に心を傾けて精進していました。阿闍梨が冷泉院に伝えたことから、八の宮の存在を知った薫は、その生きかたを理想と考え、八の宮を慕って宇治に通い、「法《のり》の友」となります。

薫が宇治に通いはじめて3年目の秋、月の下で八の宮の娘たち、大君と中の君を垣間見て、大君に強く惹かれます。そこには、弁《べん》という老女房がおり、この女房は柏木の乳母子でした。

10月、八の宮は、薫に姫たちの将来を託したいと頼み、薫は承知します。その明けがた、薫は弁から自分の出生の秘密を聞かされ、衝撃を受けます。読経する母を見ると、薫は秘密を知ったと打ち明けることもできず、一人苦悩するのでした。

大君への思いが募る薫（椎本）

春、薫から宇治の姫君の話を聞き興味をもった匂宮は、宇治に行き、中の君と歌の贈答をします。

7月、健康の優れない八の宮は、再び薫に姫君たちの後見を頼みます。秋、姫君たちに「軽率な結婚をして宇治を離れないように」という訓戒を残し、八の宮は山寺にこもって亡くなりました。

宇治で心細く暮らす姫君たちを見て、薫は大君に、中の君と匂宮の結婚を勧め、大君への自分の思いも告げますが、大君は応じません。かえって、薫の思いはいっそう募るのでした。

用語解説

＊1 **阿闍梨**　平安時代、天台宗や真言宗で、朝廷から職位を受けた僧侶。

※橋姫から夢浮橋の巻までの10巻を宇治十帖と呼ぶ。

慕情を訴える薫と応じない大君

雪の日、宇治《うじ》の大君《おおいぎみ》を訪ね恋心を伝えるが、大君は取り合わない。

八《はち》の宮《みや》の遺言を守り、薫からの求愛を頑なに拒む。
大君
薫
匂宮の中《なか》の君《きみ》に対する思いを大君に話しつつ、自身の思いも打ち明ける。

宇治という土地が表すもの

『源氏物語』後半は、宇治と都を主な舞台として展開する。当時、宇治は貴族の別荘地であり、風光明媚な印象の土地だった。

しかし、和歌においては「憂《う》し」の掛詞となっている。宇治は宇治川のほとりにあり、霧が立ち込めることがままあった。これは薫の心情とともに、宇治に暮らす大君・中の君の行く末を暗示しているかのようだ。

異郷の地 宇治

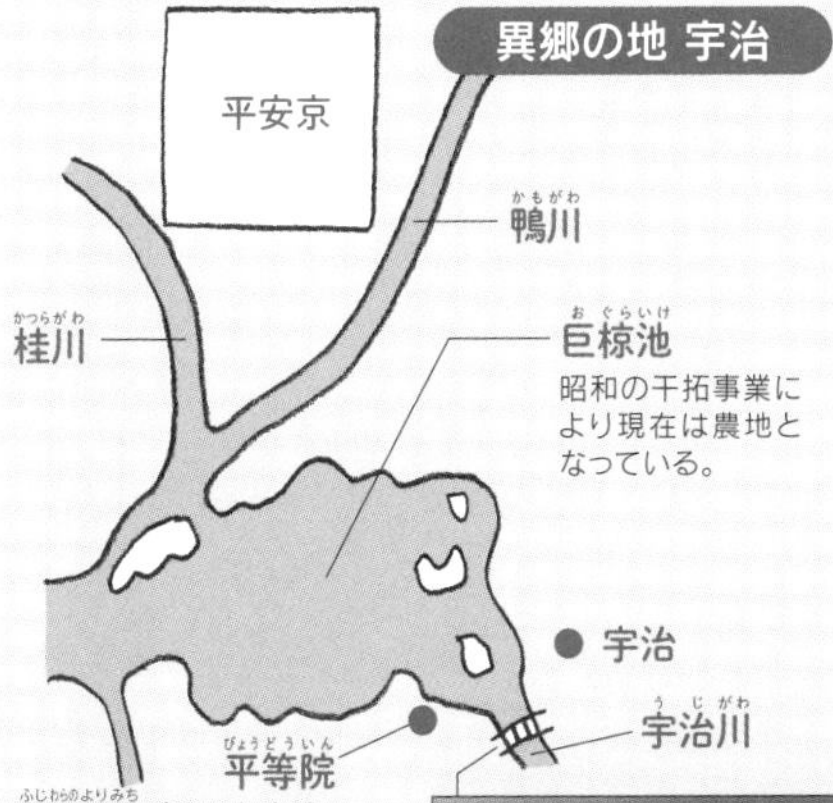
平安京
鴨川《かもがわ》
桂川《かつらがわ》
巨椋池《おぐらいけ》
昭和の干拓事業により現在は農地となっている。
宇治
宇治川《うじがわ》
平等院《びょうどういん》
藤原頼通《ふじわらのよりみち》が開いた寺院。夕霧の山荘はこのあたりに設定されている。

宇治橋《うじばし》
いまも残る宇治橋。建立は646年といわれ、日本三古橋として知られる。

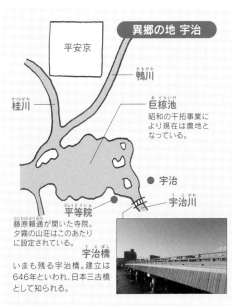

匂宮と中の君の多難な結婚

巻名
総角《あげまき》

妹の結婚に悲しむ大君が他界

翌年8月、八の宮の一周忌に宇治を訪れた薫は、大君に再び思いを訴えますが、受け入れられません。しかし、心細い生活の中で薫を頼る女房たちは、姫の結婚を望んでいて、このままでは逃れられそうにありません。大君は、ならば自分よりも、中の君を薫と結婚させようと考えます。

9月、薫は、弁の手引きで大君の寝所に忍び込みます。ところが、大君は、寝所に中の君を残してすばやく立ち去ります。薫は、中の君には触れないまま語り明かしました。大君は、自分の薫へのひそかな慕情にようやく気づくのでした。

薫は自分が大君に受け入れてもらうには、中の君と匂宮を結婚させるしかないと考えます。もともと中の君に執心していた匂宮は中の君と契りを結びます。結婚3日目の夜、母の明石中宮から、頻繁な外出を諌《いさ》められた匂宮は、3日目以降は宇治から足が遠のきます。姫君たち、とくに大君は嘆き悲しみました。

10月、薫の勧めで、匂宮は宇治での紅葉狩りを催しますが、大勢のお供がいるため、中の君への訪問を断念(左頁参照)。夕霧の六《ろく》の君《きみ》と匂宮との結婚の噂まで聞こえ、姫君たち、ことに大君は絶望してしまいます。

11月、病気の大君を見舞った薫は、その重さに驚き、懸命に看病します。しかし、大君の衰弱は激しく、都では豊明の節会《とよのあかりのせちえ》*1が催される夜、吹雪の中で静かに息を引き取りました。12月、匂宮はようやく母の許しを得て、中の君を京に呼び寄せる決意をし、準備をはじめるのでした。

用語解説

＊1 **豊明の節会** 新嘗祭の翌日、宮中で催される宴。

紅葉狩りに出かける薫と匂宮

匂宮は中の君に会いに宇治へと出かけたが、八の宮邸には寄れずじまいだった。

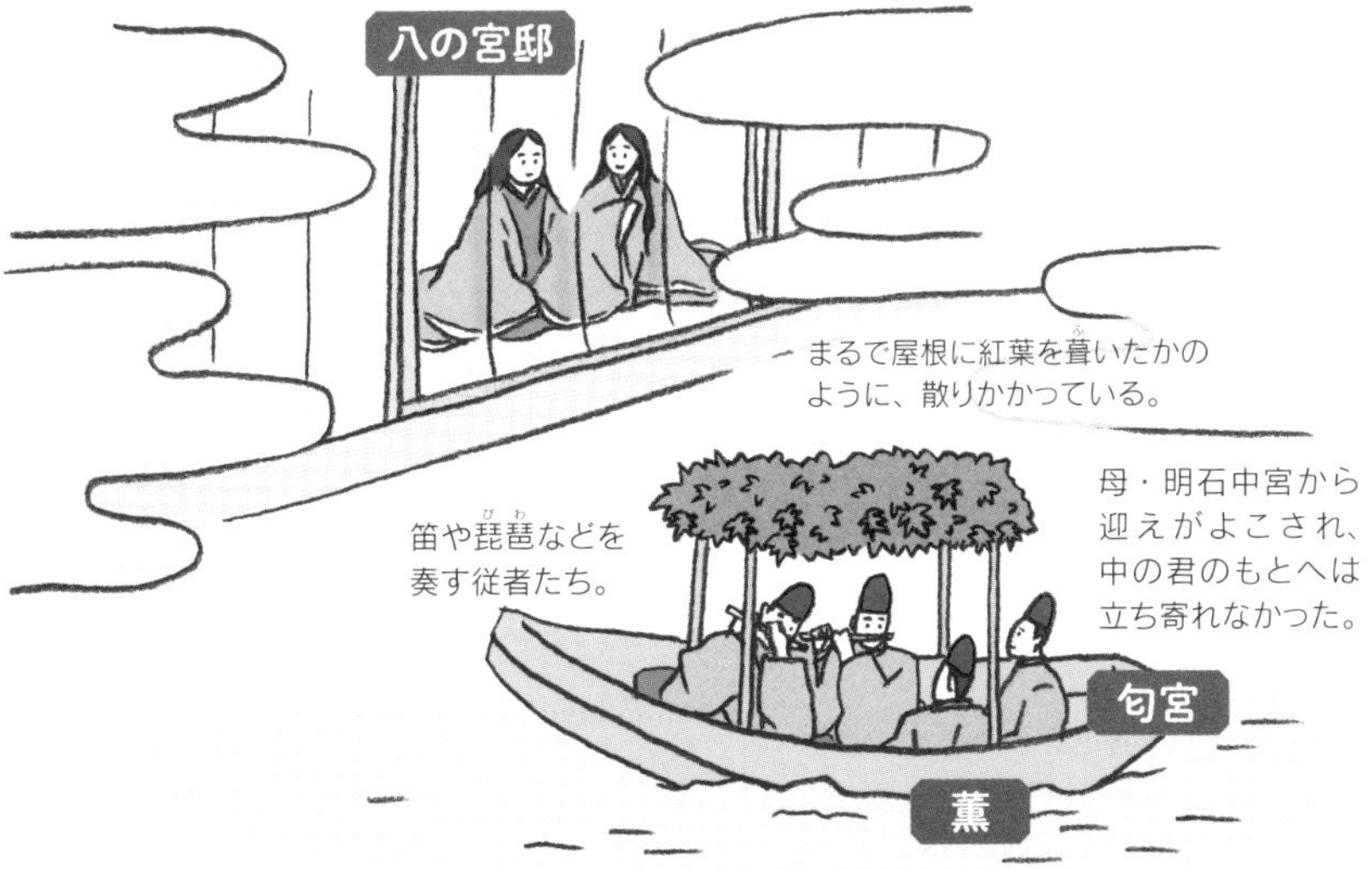
八の宮邸
まるで屋根に紅葉を葺《ふ》いたかのように、散りかかっている。
笛や琵琶《びわ》などを奏す従者たち。
母・明石中宮から迎えがよこされ、中の君のもとへは立ち寄れなかった。
匂宮
薫

ライバルによって進展する恋愛模様

薫と匂宮の八の宮の娘姉妹との恋物語は、さまざまな感情が複雑に入り乱れながら進んでいく。かつて、光源氏と頭中将が末摘花や源典侍《げんのないしのすけ》をめぐって争ったことが想起される。

宇治での薫と匂宮の恋模様

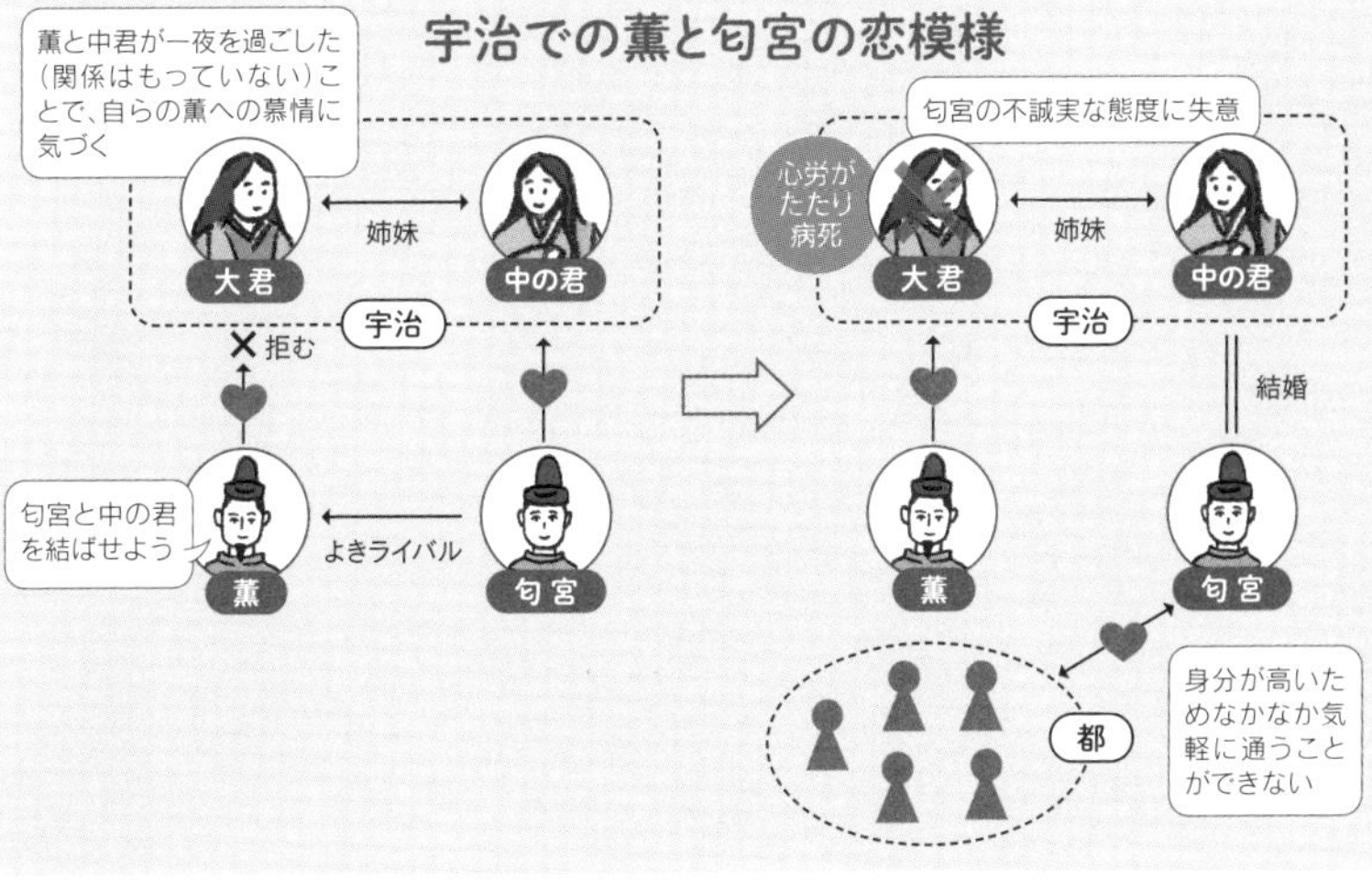
薫と中君が一夜を過ごした（関係はもっていない）ことで、自らの薫への慕情に気づく
大君
姉妹
中の君
宇治
×拒む
匂宮と中の君を結ばせよう
よきライバル
薫
匂宮
匂宮の不誠実な態度に失意
心労がたたり病死
大君
姉妹
中の君
宇治
結婚
薫
匂宮
都
身分が高いためなかなか気軽に通うことができない

中の君の新生活・薫の結婚

巻名
早蕨《さわらび》・宿木《やどりぎ》

薫を警戒しはじめた匂宮（早蕨）

年が明け、宇治に春が訪れましたが、大君を亡くした中の君の悲しみは尽きず、何を見ても心が晴れません。そんな中の君に、宇治山の阿闍梨から、籠に収めた蕨《わらび》やつくしが贈られてきました。

大君を失った薫は、悲嘆に暮れつつも中の君を支え、その誠実さが中の君の心を打ちます。匂宮は中の君を京へ迎えることにし、移転は2月初旬に決まりました。宇治を離れがたくて悩む中の君の思いに、薫は寄り添いながらも、内心では匂宮と中の君を結びつけたことを後悔していました。

弁は出家して尼となり、宇治に残って山荘を守ることになりました。中の君は、弁との別れを惜しんで上京し、二条院で待っていた匂宮に迎えられ、京での新たな生活をはじめました。薫はますます後悔するのでした。

その2月に、六の君と匂宮との結婚を計画していた夕霧は、それに先立って、予想外に匂宮が別の女性を迎えたことに不快感を禁じ得ません。2月下旬に予定していた六の君の裳着を延期するのも世間体が悪いので、盛大にとり行いました。そして、今度は薫を婿にと考えますが、薫にはまったくその気がありませんでした。

匂宮は、二条院に来た中の君に、惜しみなく愛情を示します。そうなってみると、後見人として中の君に会いに来る薫が怪しく感じられ、警戒するようになっていきました。

中の君は、親しく訪問して来る薫に困惑し、匂宮が何かにつけて薫との関係を疑うようなことを言うのを、つらく感じるのでした。

貴族が楽しんだ「雅楽」

雅楽《ががく》とは、神楽《かぐら》など日本古来の儀式音楽や舞いなどと、大陸から伝わった歌舞が融合し、平安時代に独自に整えられたもの。貴族たちの教養とされた文化であり、宮中や神社などで広く行われた。

楽器 音楽の演奏は下記のような、管楽器、絃楽器、打楽器を組み合わせて行った。

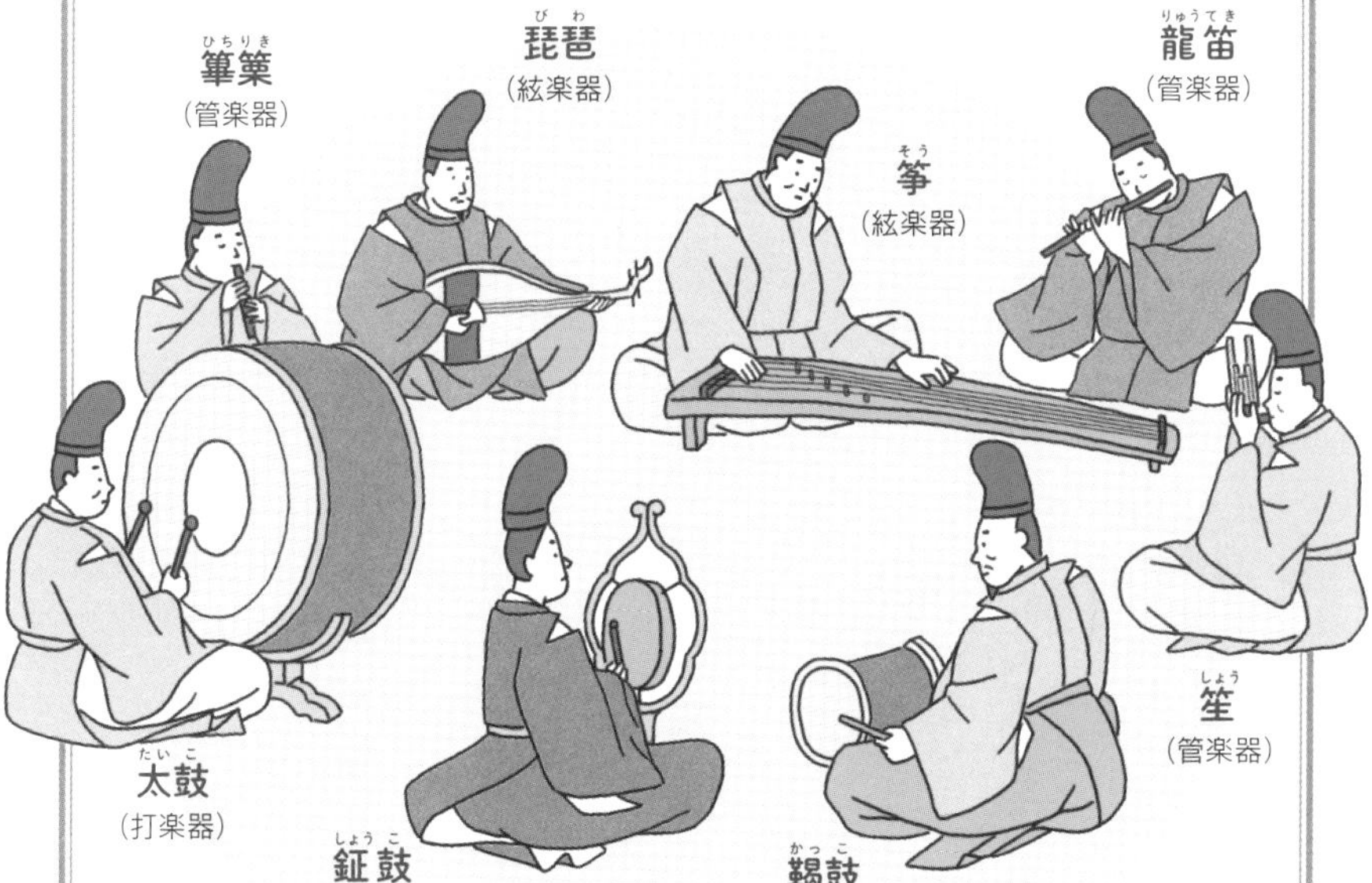
篳篥《ひちりき》
（管楽器）
琵琶《びわ》
（絃楽器）
龍笛《りゅうてき》
（管楽器）
箏《そう》
（絃楽器）
笙《しょう》
（管楽器）
太鼓《たいこ》
（打楽器）
鉦鼓《しょうこ》
（打楽器）
鞨鼓《かっこ》
（打楽器）

篳篥と龍笛が旋律を奏で、笙が和音でそれらを包み込む。鞨鼓・太鼓・鉦鼓はリズムをつくって曲のテンポを整える。琵琶と箏はリズムに縁取りを与える。

舞楽

舞楽《ぶがく》とは、雅楽を伴奏として演じる舞踊のこと。『源氏物語』には、「青《せい》海波《がいは》」（29ページ参照）や「秋風楽《しゅうふうらく》」「柳花苑《りゅうかえん》」など数多くの舞楽曲が登場する。

秋風楽
嵯峨天皇《さがてんのう》の命によってつくられたと伝わる舞楽で、紅葉賀《もみじのが》の巻では、承香殿女御《しょうきょうでんのにょうご》を母とする第4皇子が舞った。

大君似の浮舟が登場（宿木）

今上帝は、亡くなった藤壺女御《ふじつぼのにょうご》*1の産んだ女二《おんなに》の宮《みや》を、薫と結婚させたいと考えました。

帝は薫と賭碁《かけご》に興じ、碁に負けたことにかこつけて、女二の宮との縁組みを薫に許すとほのめかせました。その気はない薫ですが、婚姻話は進んでいきます。

それを知った夕霧は、薫を六の君の婿にすることは諦め、再び匂宮と六の君の縁談を進めます。この匂宮の縁談話を聞いた中の君は、「軽率な結婚をして宇治を離れるな」と言う父の言葉に背いたことを後悔し、姉の大君は賢明だったと思うのでした。

六の君との縁談に乗り気でなかった匂宮ですが、六の君に逢うと、ほどよく大人びて魅力的に見え、次第に惹かれていきます。そのうちに六の君のもとに通うようになり、中の君とは疎遠になっていきました。

薫は、苦悩し宇治に同行してほしいと願う中の君に思いを募らせ、中の君の袖をとって迫ります。しかし、中の君の懐妊を知って自制しました。

中の君が着替えたにもかかわらず、その体に移った残り香から、匂宮は薫との関係を疑います。匂宮に信じてもらえず、つらい思いに耐える中の君でしたが、匂宮は嫉妬と薫への対抗心から、かえって中の君に執心しはじめました。

一方、薫の傷心は癒されず、その気持ちは、大君を思い出させる中の君に向かいます。それを煩《わずら》わしく思う中の君は、矛先をかわすため、大君に似ている異母妹、浮舟《うきふね》の存在を薫に明かします。その後、中の君は匂宮の琵琶に慰められ（左頁参照）、無事に男児を出産して、立場も安泰となりました。

薫は3月に女二の宮と結婚したものの、4月に宇治に訪れた折、亡くなった大君に生き写しの浮舟を垣間見て、強く惹きつけられるのでした。

用語解説

＊1 藤壺女御　ここでの藤壺女御は、明石姫君に先んじて入内した、亡くなった左大臣の三の君。

匂宮の琵琶に聞き入る中の君

匂宮は慰めの琵琶を弾き、中の君は涙する。

匂宮
直衣を着崩してリラックスした姿。
すすき
中の君の歌では「篠《しの》薄《すすき》」として詠まれる。代表的な秋草の一つで、中の君は「秋」と「飽き」をかけて歌を詠んだ。
中の君
直前に薫から中の君へ文があり、匂宮は再び二人の関係を疑うが、かえって中の君に情が深まる。

交錯する二人の思い

原文

秋果つる野辺のけしきも
篠薄《しのすすき》ほのめく
風につけてこそ知れ

訳

秋が終わる野辺の様子も
篠薄がわずかに揺れている
風によって知られます。

鑑賞

中の君の匂宮への返歌。「秋」と「飽き」を掛け、「私に飽きてしまわれたあなたのお心は、そのそぶりでわかります」といっている。

ポイント

六《ろく》の君《きみ》とのことで匂宮に恨めしさがありながらも、琵琶を弾き歌を詠みかける匂宮に寄り添う中の君。薫と中の君の仲を疑いながらも、涙ぐむ中の君の姿に心惹かれる匂宮。

密通という行為をもってしてより相手への情愛を深めるというのは、光源氏や朱雀帝《すざくてい》にも見られた話。その深く多感な匂宮の情愛は、宇治十帖の主人公としての資格が匂宮にあることを暗に示唆している。

浮舟と契りを結んだ薫

巻名 東屋《あずまや》

名前も知らずに迫った匂宮

薫は、亡き大君にそっくりな浮舟に会いに行きたいと思うものの、世間体を考えて実行できません。浮舟の母（中将《ちゅうじょう》の君《きみ》）は薫の思いを知り、うれしく思いながらも、身分の差を考えてためらい、浮舟を左近少将《さこんのしょうしょう》と結婚させることにしました。

ところが、左近少将の目当ては、浮舟の継父である常陸介《ひたちのすけ》の経済的支援でした。浮舟が常陸介の実子でないと知ると、一方的に結婚話を破棄し、実子である妹のもとに通いはじめました。

姉妹の中でも、とりわけ浮舟を大事に思っていた中将の君は、浮舟が不憫でなりません。同じ家で格下の場所に追いやるのも忍びないと思い、浮舟を中の君に預けることにしました。

二条院を訪れた中将の君は、物陰から見た匂宮と中の君のきらびやかな姿に驚きます。左近少将はみすぼらしいと見下し、浮舟の相手には、高い理想を貫いたほうがよいと考えなおすのでした。

匂宮は、中の君の洗髪中に、邸内で浮舟を見かけ、誰だか知らないまま近寄ってきました。女房たちが、それ以上は匂宮を近づけなかったので、ことなきを得ましたが、浮舟は茫然とします。中の君は、女房の右近に物語を読ませて浮舟を慰めました（左頁参照）。中将の君は、浮舟を三条《さんじょう》の小さな家に隠して住まわせるのでした。

宇治の弁の尼からこのことを聞いた薫は、9月、三条の家を訪れ、催馬楽の「東屋《あずまや》」*1を口ずさんで、浮舟と契りを結びます。翌日、薫は浮舟を連れて宇治に向かい、浮舟を宇治の邸に住まわせることにしました。

用語解説

＊1 東屋　催馬楽の曲名。女を訪れた男とそれに応じる女の応酬の歌。東屋とは、東国（現在における関東地方）風のひなびた家。

絵物語を見て気を紛らわす浮舟

匂宮から言い寄られ、なんとか逃れた浮舟《うきふね》と、それを気遣う中の君。

匂宮の訪問時は、中の君は洗髪中で相手ができなかった。洗髪後の髪を女房に梳《す》かせている。
当時の女性の洗髪は1日がかりの大仕事だった。

「形代」と呼ばれた浮舟の存在

上段は、匂宮に言い寄られ、なんとか逃れた浮舟と、この一件を聞き心を痛める中の君が絵巻物を楽しむ場面。そこで、中の君は浮舟の容貌をまじまじとのぞき、額や目元、その雰囲気が大君そのものだと涙ぐむ。

浮舟は、そもそも大君の身代わりとして薫に紹介される。薫自身、浮舟について「(大君の)人形《ひとがた》(形代《かたしろ》)の代わりに」と話している。ここでは、あらためて中の君の視点で、浮舟が大君の身代わりである点が強調されるように語られている。

形代とは

形代は、罪や穢れを払う際に、災厄を移し水に流すもので人形ともいう。多くは紙でつくられた。ここから転じて、本物の代わりになるものを形代(人形)とも呼ぶようになった。

水に流れる形代。

板挟みになった浮舟の悲劇

巻名
浮舟《うきふね》・蜻蛉《かげろう》

薫のふりをした匂宮（浮舟）

二条院で会った浮舟が忘れられない匂宮は、素性を中の君に尋ねますが、教えてもらえません。薫は、浮舟を宇治の邸に住まわせたものの、正妻である女二の宮への遠慮から、訪問は間遠《まどお》でした。

年が明けて正月、浮舟から中の君に届いた文を見て、匂宮は浮舟が宇治にいることを知りました。薫の事情に詳しい男からも「薫が宇治に女を隠した」と聞き、中の君と薫が共謀して自分に隠して事を進めたと、不快に思います。

匂宮はその男に、「自分が先に関わった女なのだ」といって手引きをさせ、薫のふりをして邸内に入り、薫の声真似をして、浮舟と強引に契りました。浮舟は、薫ではないと知って動転しますが、匂宮は声も出させませんでした。

二条院で会ったときの残念な思いを語るので、異母姉である中の君の夫だとわかり、いっそう困惑して涙する浮舟でした。しかし、浮舟は、情熱的な匂宮に魅せられ、次第に恋に溺れていきます。

2月、ようやく浮舟のもとを訪れた薫は、前より大人びた浮舟を愛しく思い、京に迎える約束をします。京に戻り、浮舟を思って歌を口ずさむ薫を見て、焦った匂宮は、再び宇治を訪れます。

匂宮と浮舟は、宇治川の対岸の家で2日間、二人で過ごしました。浮舟は、夢のようなときを過ごしながらも、板挟みになって苦悩します。

薫と匂宮の文を運ぶ従者が鉢合わせして、浮舟の不貞が発覚します。追いつめられ、中の君への罪の意識にも苦しむ浮舟は、ついに入水《じゅすい》を決意して、匂宮と母の中将の君に、歌を贈るのでした。

貴族の遊戯・娯楽

貴族の遊びの文化は、それ自体が儀式や政治に組み込まれる側面もあって、洗練されていった。

屋内

屋内の遊びとして品位の高いものは、詩歌管絃《しいかかんげん》（漢詩・和歌・雅楽）をたしなむことで、必須の教養でもあった。物合《ものあわせ》や絵画なども、男女ともに楽しんだ。幼児は、独楽《こま》、雛《ひいな》遊びなどで遊んだ。

物合

歌合《うたあわせ》、扇合《おうぎあわせ》、根合《ねあわせ》、貝合《かいあわせ》など、左右2組に分かれて、物事の優劣を競う団体の対戦ゲーム。

歌合は、左右2組に分かれ、題に応じて和歌を出し合い、その優劣を競う。

盤上遊戯

専用の盤を使った個人対戦のゲーム。その代表はすごろくと碁《ご》。

すごろくは、交互にサイコロを振り、出た目に従って盤上の石（駒）を進め、相手の陣に全部入れたものが勝ち。

絵画

絵を見たり描いたりすることも娯楽で、絵日記などを楽しんだ。

『源氏物語』でも、光源氏が絵日記を書いている。

屋外

屋外では、男性は蹴鞠、打《だ》毬《きゅう》、鷹狩り、競馬《くらべうま》などを楽しんだ。女性は室内にこもって暮らしていたので、これらには参加しなかったが、祭の見物や社寺への参詣などの外出をとても楽しみにしていた。

競馬

競馬は、2頭または数頭で、一定の距離を競走して勝敗を争うもので、端午の節句の年中行事として催された。

ついに入水した浮舟（蜻蛉）

浮舟がいなくなった翌朝、宇治の邸では女房たちが慌てふためき、混乱していました。昨夜、浮舟が母の中将の君に宛てて書いた文を女房の右近が見たところ、入水の覚悟がしたためてあったので、女房たちは嘆き悲しみました。

　中将の君は悲嘆にくれながらも、女房たちに入水の噂が広まるのを防ぐようにと勧められて、亡骸もないまま、急ぎ浮舟の葬儀を行いました。

　そのころ薫は、母である女三の宮が病気になり、その平癒祈願に山にこもっていました。葬儀を終えたあとに、浮舟の死を知った薫は、粗略な葬儀を行ったことを非難する一方で、浮舟を長く訪ねなかったことを強く後悔するのでした。

　匂宮は、悲嘆のあまり病床に伏してしまいます。それを知った薫は、浮舟と匂宮の密通を改めて確信し、浮舟への恋しい気持ちや、悲しさまでもが冷める思いでした。匂宮の見舞いに訪れても、皮肉が口をついて出るのでした。

　それでも薫は、自分の責任を痛感したこともあり、家族の後見を約束したので、中将の君は、その誠意に感涙しました。薫は、浮舟の四十九日の法要を盛大に営むのでした。

　夏、明石の中宮が催した*1法華《ほっけ》八講《はっこう》の日に、薫は*2女一《おんないち》の宮《みや》が、白い薄絹の衣を身にまとい、くつろいだ姿で氷を弄ぶ姿を垣間見て、その高貴な美しさに強烈に惹きつけられます（左頁参照）。

　自邸に戻って、妻である女二の宮に同じ装いをさせたりしますが、比べようもなく、心は慰められません。

　その後、女一の宮見たさに、明石の中宮方にたびたび出入りするようになりますが、それ以上、近づくことはできませんでした。

　さまざまな女君との恋に無常を感じた薫は、はかなく別れた宇治の姫君たちに思いを馳せるのでした。

用語解説

＊1 法華八講　法華経八巻を1日に2回、1巻ずつ読誦する法会。
＊2 女一の宮　今上帝と明石中宮の間に生まれた長女。

薫、女一の宮を垣間見る

薫は女一の宮が女房らとともに氷遊びをする様子をのぞき見た。

夏の暑い日であったため、白く薄い絹の衣姿でくつろいでいた。
女一の宮
薫
氷遊び
夏の氷遊びは、上流貴族だけができる贅沢な遊びだった。

浮舟失踪後も変わらない薫の日常

浮舟の四十九日の法要を終えて、明石中宮のもとを訪れた薫は、垣間見《かいまみ》た女一の宮の美しさに心奪われる。

ここでは、これまで薫が多くの女性を見てきたことも記される。

さらに、四十九日直後に薫の愛人の小宰相《こざいしょう》の存在も語られる。薫は「浮舟よりも奥ゆかしい」とまで言っている。

浮舟は薫と匂宮の間で追い詰められて身を投げたが、薫にとっては一時的なことであった様子がうかがえる。

女性を美しく見せる単

薫が垣間見た女一の宮は、白く薄い絹を着ていた。これは単《ひとえ》のことを指す。正装よりも軽やかな単姿、とりわけ、肌が透けるような薄い単は、暑い夏に女性を美しく、妖艶に見せたようで、『源氏物語』の中でもたびたび単姿の美しさが描かれている。

単。肌着として装束の下に着けた。
（東京国立博物館）

叶わなかった薫の願い

巻名
手習《てならい》・夢浮橋《ゆめのうきはし》

生きていた浮舟は出家（手習）

そのころ、横川《よかわ》に徳の高い僧都がいました。その母尼と妹尼が初瀬詣《はつせもうで》*1の帰りに宇治の院に泊まりました。すると、院の裏庭に、物の怪につかれたと思われる意識不明の若い女性がいました。

それは、入水に失敗して生きながらえていた浮舟でした。母尼と妹尼の住む小野の山荘に連れていかれ、手厚い看病を受けた浮舟は、僧都の加持祈祷で物の怪から逃れて意識を取り戻しました。

手習《てならい》をして静かに過ごす浮舟を、妹尼の亡き娘の婿だった男が垣間見て言い寄りますが、浮舟にはただ煩わしいだけでした。その後、僧都に懇願して、浮舟は出家を果たします（左頁参照）。

横川の僧都は、明石中宮の加持僧であったため、中宮に浮舟のことを語りました。翌春、薫は浮舟一周忌をとり行いましたが、中宮から浮舟の現状を聞き、横川を訪れる決心をします。

仏道に専念する浮舟（夢浮橋）

薫は横川の僧都を訪ね、宇治の院での出来事以来の事情を聞き、夢ではないかと涙しました。

薫は浮舟との再会を望み、僧都に案内を頼みます。僧都は、自分が案内しては罪になる*2と言って、薫の願いを断りました。僧都が了承したのは、浮舟の弟を介して、浮舟に文を渡すことだけでした。

僧都からの文で還俗《げんぞく》*3を勧められても、浮舟は懐かしさを堪えて、届け先を間違えたのでは、としか応じません。薫は、浮舟が誰かに匿われているのではなどと、あれこれと思い乱れるのでした。

用語解説

＊1 初瀬詣　大和国（現在の奈良県）初瀬の長谷観音に参詣すること。

＊2 自分が案内しては罪になる　尼となった浮舟に男女の関係を迫ることは罪であり、これを手引きすることも重罪とされた。

＊3 還俗　出家した者が俗人に戻ること。僧都は還俗を勧めなかったという説もある。

ついに出家する浮舟

浮舟は周囲からの説得にも、固い決意で髪を削ぐ。

剃髪の際、「流転三界中《るてんさんがいちゅう》」と唱えた。これは、これまでの恩愛の絆を断ち、仏道に入るために唱える偈文《げもん》。

形代としての自分と決別した浮舟

浮舟の登場は大君の形代としてであった。その後、薫や匂宮に翻弄され、入水という形で何とかそこから逃れたものの、今度は横川の僧都の妹尼により、亡き娘の婿だった中将との結婚を企てられる。

しかし、ここでは周囲からの説得にも考えを曲げず出家する、強い意志をもった浮舟が描かれる。浮舟が毅然として生きる術が出家であったといえる。

宇治橋から500mほどのところに立てられた手習之古蹟。(京都府宇治市)
浮舟が宇治川に身を投げたあと、横川の僧都に助けられたあたりと想像されている。

平安女性にとっての出家

『源氏物語』の中で、出家は、贖罪や自戒といった気持ちから、罪障を消して極楽往生を願って果たされる。

しかし、平安時代の仏教では、「女性には穢れがあり極楽浄土には行けない」とされていたため、仏道に帰依《きえ》することは簡単ではなかった。それにもかかわらず、藤壺や空蟬《うつせみ》、朧月《おぼろづき》夜《よ》、女三の宮など多くの女性が出家を望んだのは、男性から逃れるための数少ない方法だったからであり、仏こそがこの時代の女性が最後にすがれるものであったことを表している。

紫式部ってどんな人？

vol.3

紫式部と同時代に活躍した女性たち

紫式部と清少納言の関係は……

平安時代、紫式部と並び称される女性に、『枕草子《まくらのそうし》』の作者である清少納言《せいしょうなごん》がいます。生没年は不明ですが、990年代に活躍した宮廷女房ですから、紫式部よりやや年長ではないでしょうか。

紫式部は一条天皇の中宮彰子に仕えましたが、清少納言は同じ一条天皇の中宮定子《ていし》に仕えました。

二人はライバル同士だったとよくいわれます。しかし、中宮彰子は時の権力者藤原道長《ふじわらのみちなが》の娘であり、一方の中宮定子は道長の兄である藤原道隆《ふじわらのみちたか》の娘でした。道隆が亡くなって定子たちが没落したのちに、彰子が一条天皇の中宮になったので、清少納言が活躍した時期は紫式部よりも少し早いのです。

紫式部の描いた清少納言の素顔

紫式部の著した『紫式部日記』に次のような一節があります。

清少納言こそ、したり顔にいみじう侍りける人。
さばかり賢《さか》しだち真名《まな》書きちらして
侍るほども、よく見れば、まだいとたらぬ
こと多《おほ》かり。かく人に異《こと》ならむと

思ひこのめる人は、必ず見おとりし、
行末うたてのみ侍れば……

およその意味は、「清少納言こそとても得意顔でいた人です。あれほど偉ぶり漢字を書き散らしていますが、学力もよく見ると、不充分なことが多い。このように人より目立つことを好む人はきっと見劣りし、前途は悪くなるばかりですので……」といった具合で、酷評しています。

紫式部が仕えた彰子周辺には、かつて一条天皇に愛された定子やその周辺への対抗意識があったのでしょう。

こうしたライバル心が不朽の名作である『源氏物語』を生んだのだともいえるのです。

紫式部が評価した和泉式部の和歌

紫式部とともに彰子に仕えた女房の一人に、和泉式部がいます。978年ごろに生まれた歌人で、『和泉式部日記』を記しました。

この日記は、和泉式部が25歳のころの、帥宮《そちのみや》敦《あつ》道《みち》親王《しんのう》との恋愛についてつづったものです。歌人

宮中で中宮定子と問答する清少納言
(土佐光起／東京国立博物館)

らしく、日記の中には140首を超える数の和歌が詠まれているのが特徴です。

紫式部は、『紫式部日記』の中で、和泉式部の詠む和歌について次のように評しています。

口にまかせたることどもに、
かならずをかしき一ふしの、
目にとまるよみ添へ侍り。

およその意味は、「口からつい出てしまうような歌などにも、必ずおもむき深い一点、目に留まるものが詠み添えられています」。このようにいって評価しています。

『蜻蛉日記』を著した藤原道綱母

平安時代の歌人である藤原道綱母は、優れた和歌を数多く詠みました。

その多くの和歌の中からは、天皇の命令で編まれた勅撰和歌集《ちょくせんわかしゅう》に三十数首が選ばれています。勅撰和歌集に選ばれるのは優れた和歌であることであり、選ばれるのはこの上ない名誉なことでした。

道綱母は優れた歌人であるだけではなく、『蜻蛉日記』を残しました。これは道綱母が藤原道長の父である藤原兼家との結婚生活を回想したもので、宮中に仕えず家庭にいた女性の日記だという特色があります。

『源氏物語』にも大きな影響を与えたとされています。

『源氏物語』にふれた『更級日記』

藤原道綱母の姪《めい》である菅原孝標女は、11世紀、『源氏物語』の成立まもない時代の女性です。その作品は『更級日記』の名で知られています。

日記の内容は、十代のころから40年以上にわたる半生を回想したものです。最も早い時期に『源氏物語』について触れており、愛読したことでも知られています。

参考文献

本文・注釈

●池田亀鑑『源氏物語大成』(中央公論社、1953〜56年) ●北村季吟『増註　源氏物語湖月抄』(講談社学術文庫、1982年) ●玉上琢彌校注『源氏物語評釈』(角川書店、1964〜69年) ●石田穣二・清水好子校注『新潮日本古典集成　源氏物語』(新潮社、1967〜85年) ●阿部秋生・秋山虔・今井源衛・鈴木日出男訳注『新編日本古典文学全集　源氏物語』(小学館、1994〜98年) ●柳井滋・室伏信助・大朝雄二・鈴木日出男・藤井貞和・今西祐一郎校注『新日本古典文学大系　源氏物語』(岩波書店、1993〜99年)／同『源氏物語』(岩波文庫、2017〜21年) ●藤岡忠美・中野幸一・犬養廉・石井文夫『新編日本古典文学全集　和泉式部日記／紫式部日記／更級日記／讃岐典侍日記』(小学館、1994年) ●松尾聰・永井和子『新編日本古典文学全集　枕草子』(小学館、1997年)

辞典・事典・図典・便覧類

●角田文衛監修『平安時代史事典』(角川書店、1994年) ●角田文衛監修『平安京提要』(角川書店、1994年) ●国史大辞典編集委員会編『国史大辞典』(吉川弘文館、1979〜97年) ●鈴木敬三『有職故実図典　服装と故実』(吉川弘文館、1995年) ●久保田淳・馬場あき子編『歌ことば歌枕大辞典』(角川書店、1999年) ●秋山虔編『別冊国文学　源氏物語必携』(学燈社、1978年) ●秋山虔編『別冊国文学　源氏物語必携Ⅱ』(学燈社、1982年) ●秋山虔編『別冊国文学　源氏物語事典』(学燈社、1989年) ●中野幸一編『常用源氏物語要覧』(武蔵野書院、1995年) ●秋山虔編『別冊国文学　新・源氏物語必携』(学燈社、1997年) ●秋山虔・小町谷照彦編『源氏物語図典』(小学館、1997年) ●林田孝和・植田恭代・竹内正彦・原岡文子・針本正行・吉井美弥子編『源氏物語事典』(大和書房、2002年) ●加藤友康・高埜利彦・長沢利明・山田邦明編『年中行事大辞典』(吉川弘文館、2009年) ●秋山虔・室伏信助編『源氏物語大辞典』(角川学芸出版、2011年) ●小町谷照彦・倉田実編『王朝文学文化歴史大事典』(笠間書院、2011年) ●大津透・池田尚隆編『藤原道長事典　御堂関白記からみる貴族社会』(思文閣出版、2017年) ●倉田実編『平安大事典』(朝日新聞出版、2015年) ●詳説日本史図録編集委員会編『山川詳説日本史図録・第3版』(山川出版社、2010年) ●井筒雅風・内田満・樺島忠夫編『新版国語図説』(京都書房、1996年)

概説・研究

●秋山虔『源氏物語』(岩波新書、1968年) ●秋山光和『王朝絵画の誕生　『源氏物語絵巻』をめぐって』(中公新書、1968年) ●伊井春樹『源氏物語の伝説』(昭和出版、1976年) ●池浩三『源氏物語――その住まいの世界――』(中央公論美術出版、1989年) ●大津透『道長と宮廷社会』(講談社学術文庫、2009年) ●河添房江『源氏物語表現史　喩と王権の位相』(翰林書房、1998年) ●工藤重矩『平安朝の結婚制度と文学』(風間書房、1994年) ●栗原弘『平安時代の離婚の研究 古代から中世へ』(弘文堂、1999年) ●栗本賀世子『平安朝物語の後宮空間――宇津保物語から源氏物語へ』(武蔵野書院、2014年) ●西郷信綱『古代人と夢』(平凡社選書、1972年) ●鈴木日出男『源氏物語虚構論』(東京大学出版会、2003年) ●鈴木宏子『王朝和歌の想像力　古今集と源氏物語』(笠間書院、2012年) ●高木和子『源氏物語の思考』(風間書房、2002年) ●高木和子『男読み 源氏物語』(朝日新聞出版、2008年) ●高木和子『源氏物語再考 長編化の方法と物語の深化』(岩波書店、2017年) ●高木和子『源氏物語を読む』(岩波文庫、2021年) ●高田信敬『源氏物語考証稿』(武蔵野書院、2010年) ●高田祐彦『源氏物語の文学史』(東京大学出版会、2003年) ●高橋亨『源氏物語の対位法』(東京大学出版会、1982年) ●高田祐彦・土方洋一『仲間と読む源氏物語ゼミナール』(青簡舎、2008年) ●竹内正彦『2時間でおさらいできる源氏物語』(だいわ文庫、2017年) ●原岡文子『源氏物語』に仕掛けられた謎「若紫」からのメッセージ』(角川学芸出版、2008年) ●土方洋一『源氏物語テクスト生成論』(笠間書院、2000年) ●日向一雅『源氏物語の世界』(岩波新書、2004年) ●日向一雅『源氏物語の主題「家」の遺志と宿世の物語の構造』(桜楓社、1983年) ●福長進『歴史物語の創造』(笠間書院、2015年) ●藤井貞和『源氏物語の始原と現在』(三一書房、1972年、のち定本冬樹社、砂子屋書房) ●藤井貞和『物語の結婚』(創樹社、1985年) ●藤本勝義『源氏物語の〈物の怪〉文学と記録の狭間』(笠間書院、1994年) ●増田繁夫『平安貴族の結婚・愛情・性愛　多妻制社会の男と女』(青簡舎、2009年) ●三谷邦明・三田村雅子『源氏物語絵巻の謎を読み解く』(角川選書、1998年) ●三田村雅子『記憶の中の源氏物語』(新潮社、2008年) ●山中裕著『平安時代大全』(KKロングセラーズ 、2016年) ●山中裕・鈴木一雄編『平安時代の貴族の環境(平安時代の文学と生活)』(至文堂、1994年) ●山中裕・鈴木一雄編『平安時代の儀礼と歳時(平安時代の文学と生活)』(至文堂、1994年) ●山本淳子『源氏物語の時代　一条天皇と后たちのものがたり』(朝日選書、2007年) ●山岸徳平・岡一男監修『源氏物語講座』(有精堂、1971〜72年) ●秋山虔・木村正中・清水好子編『講座源氏物語の世界』(有斐閣、1980〜84年) ●今井卓爾・秋山虔・後藤祥子・鬼束隆昭・中野幸一編『源氏物語講座』(勉誠社、1991〜93年) ●増田繁夫・鈴木日出男・伊井春樹編『源氏物語研究集成』(風間書房、1998〜2002年) ●伊井春樹他監修、他編『講座源氏物語研究』(おうふう、2006〜08年) ●角川書店編『源氏物語　ビギナーズ・クラシックス 日本の古典』(角川ソフィア文庫、2001年) ●村井康彦監修『平安京と王朝びと』(京都新聞出版センター、2008年)

＊そのほか、塚﨑夏子氏(東京大学大学院院生)の教示を得た。

▶監修者紹介
高木和子（たかぎ・かずこ）
1964年兵庫県生まれ。東京大学文学部卒業。同大学院博士課程修了、博士(文学)。関西学院大学文学部教授を経て、現在、東京大学大学院人文社会系研究科教授。平安文学研究。著書に『源氏物語の思考』(風間書房、2002年)、『女から詠む歌 源氏物語の贈答歌』（青簡舎、2008年)、『男読み 源氏物語』（朝日新書、2008年)、『コレクション日本歌人選 和泉式部』（笠間書院、2011年)、『平安文学でわかる恋の法則』（ちくまプリマー新書、2011年)、『源氏物語再考 長編化の方法と物語の深化』（岩波書店、2017年)、『和歌文学大系 物語二百番歌合／風葉和歌集』（共著、明治書院、2019年)、『源氏物語を読む』（岩波新書、2021年)、『和歌文学大系 古今和歌集』（共著、明治書院、2021年）など。

装丁・デザイン・DTP　島崎幸枝
イラスト　平のゆきこ、竹口睦郁
執筆協力　松崎千佐登
編集制作　風土文化社
画像提供　宇治市、弘前市立弘前図書館、国立国会図書館デジタルコレクション、ColBase（https://colbase.nich.go.jp/）、フォトライブラリー、PIXTA

眠《ねむ》れなくなるほど面白《おもしろ》い
図解《ずかい》 源氏物語《げんじものがたり》

2023年 4 月10日　第 1 刷発行
2024年10月20日　第 4 刷発行

監修者　高木和子《たかぎかずこ》
発行者　竹村響
印刷所　株式会社光邦
製本所　株式会社光邦
発行所　株式会社 日本文芸社
〒100-0003 東京都千代田区一ツ橋1-1-1 パレスサイドビル8F
URL　https://www.nihonbungeisha.co.jp/

Printed in Japan 112230328-112241009Ⓝ04 (300065)
ISBN978-4-537-22091-9

（編集担当：坂）